転生悪役令嬢は推しのハピエンを所望す！

藍上イオタ

illustration 三月リヒト

CONTENTS

第一楽章　戸惑いのプレリュード
P.006

第二楽章　潮騒のサパテアード
P.122

第三楽章　夢色のカノン
P.189

第四楽章　破滅のアリア
P.228

あとがき
P.285

ICHIJINSHA IRIS NEO

転生悪役令嬢は推しのハピエンを所望す！

第一楽章　戸惑いのプレリュード

シンフォニー魔法学園のホールでは、一年生たちがダンスの練習を行っている。一年生の中には、未《いま》だ社交界デビューを果たしていないものも多い。そのため学園では、一学期末には練習用の舞踏会が、学年度末には練習の成果を確認すべく正規の舞踏会が行われることになっているのだ。

高い天井に眩《まばゆ》いばかりのシャンデリア。室内楽団の演奏に、生徒たちはいつにもまして心が躍《おど》っていた。

ここグローリア王国では、十五歳になると強い魔力を持つ者はシンフォニー魔法学園に集められる。学園では魔力さえ認められれば、貴賤《きせん》を問わず学ぶことができるのだ。数少ない魔力保持者を、国を担う人材に育て上げるのが目的だからだ。そのため評価は全くの実力主義である。しかし、この国ではなぜか身分の高さと魔力の強さは比例していることが多かった。

学園の制服は男女ともに光沢のある紺色である。男子は丈の長い詰襟の上着に、金ラインが裾に施されたスラックス。女子はスタンドカラーのミモレ丈ワンピースに白いパニエを中に付けたスタイルだ。肩から下がる肘《ひじ》までの長さのケープは魔法使いの証《あかし》で、学園のシンボルが刺繍《ししゅう》されていた。

まだ覚えきれない同級生、初めて入る魔法学園のホール。春にシンフォニー魔法学園に入学したばかりの私たちにとっては、何もかもが新鮮だ。新鮮なはずなのに、ふと懐《なつ》かしさを感じて私は首をひねった。

私、ことアリア・ドゥーエ・ヴォルテの隣では、グローリア王国の王太子ジークフリート殿下が悠然と微笑《ほほえ》んでいる。どんなときでも冷静沈着で、崩れない穏やかな表情は自然に周囲を黙らせる風格がある。

クルリとした癖のある黄金の髪は、秋風に煌《きら》めく麦の穂のようで豊穣《ほうじょう》の証。傷一つ感じさせない澄んだエメラルド色の瞳は凛《りん》として、陶磁器のように白い肌は内側から光が滲《にじ》み出ている。まるでおとぎ話の中から抜け出してきたような究極の王子様。その美しい彼は私の婚約者なのだ。

ダンス上級者の私たちは、不慣れな同級生と組みリードすることが多い。殿下と並びあい次にダンスの練習をする相手を待っていると、殿下の前で一人の美少女が制服の裾をつまんでぎこちなくお辞儀をした。肩にかかるほどの髪はふんわりとした桜色のウエーブで、揺れた瞬間に花びらが舞うかのようだ。アーモンド形の瞳は円《つぶ》らで慈愛に満ちている。サンゴのような唇は品が良く、上気した頬は桃のようにふっくらと可憐《かれん》である。

——見たことのない方だわ……。他のクラスなのかしら？　それにしてもなんて可愛《かわい》らしい方。

殿下の側《そば》に控える従者のラルゴを見れば、知らないと目配せをくれた。ラルゴの瞳は黒真珠のように仄《ほの》かに潤んで、さっぱりと整えられたサラサラの黒髪は星を抱く夜のように深い。殿下とは対照的な風貌と、より大きな背丈。控えめに後ろに侍《はべ》る姿はまさに影といっても過言ではない。ラルゴは、殿下の乳兄弟《ちきょうだい》であり私の幼馴染《おさななじみ》だ。小さなころから私たちの側にいて、今ではお目付け役でもあった。その彼が知らないのだ。私は会ったことがないのだろう。

この学園では、年度ごとのテストで成績優秀者は特別クラスになり、一般クラスとは別の校舎で少人数の特別授業を受けるのだ。入学直後のクラス分けテストで、私たち三人は特別クラスとなっていた。そのため、同級生と言えどあまり他のクラスと交流がなかったのだ。

「か、カノン・アマービレです。よ、よろしくおねがいします……」

小鳥のさえずりのようにいじらしい声を聴き、私は息が止まるかと思った。

一瞬彼女の顔の下に、白い文字でセリフが見えた気がしたのだ。

この声を知っている。私はこの子をよく知っている。知っているだけではない。この子と一緒に喜んだり、悲しんだりしたことがある。薄いガラス越しに彼女を見た。でもそれはいつ？　どこで？　わからない。そのような物はこの国では思い当たらない。

――この国では？

隣で体を堅くする私に気が付いたのか、殿下はチラリと私を見てから、彼女をエスコートすべく手を差し出した。恐る恐る私の顔を窺《うかが》いながら、彼女もまた殿下へ近づこうとする。

訳もわからずゾッとする。殿下にこの子を見てほしくない。

――怖い、取られてしまう！

湧き上がってくる恐怖は初めてのもので、殿下に向かって一歩踏み出そうとする彼女の足元に自分の足を差し出した。

当然ながら彼女はよろける。

その当たり前のことが私には理解できていなかった。予想以上に大きくよろける姿を目《ま》の当たりにして慌《あわ》てた。少し躓《つまず》かせる程度のつもりだったのに、これでは怪我《けが》をしてしまう。私は咄嗟《とっさ》に彼女に手を伸ばし腕をとる。しかし、彼女は存外に重かった。

――羽根のように軽いというセリフは嘘《うそ》だったの？

なぜかそんなことを思い、二人で絡《から》まり合ったまま体勢を崩す。床が近づいてくるのがスローモーションで見えた。その瞬間、頭をガツンと殴られた気がして、私は意識を失った。


♪


目が覚めたら保健室だった。頭だけでなく腰も背中も痛い。こんなに盛大に転ぶなんて何年ぶりだろう。

――年を取ると反射が悪くなるのよね……。打ちどころが悪くなくて良かったわ。

そう思いながら、深く息を吐き出した。

私は思い出してしまったのだ。いわゆる私は転生者だ。そしてここは生前私が楽しんでいた『夢色カノン』という乙女ゲームの世界である。魔法の溢《あふ》れるファンタジーな世界を舞台にし、王太子をはじめとするイケメン攻略対象者たちとヒロインが学園生活をおくりつつ、様々な問題を解決することで絆《きずな》を作っていくという物語だ。しかし私は、このゲームの悪役令嬢という役どころに転生してしまった。

ストーリーを知っているということは、この世界の未来を知っているということでもある。有能な人ならば、知っている知識や前世の技能を生かし有利に生きていくこともできるだろう。

しかし、転生前の私は、アラサーのオタク女子。働きながらひっそりとオタクを楽しんでいた。特技はパソコンと人の顔と名前を覚えること。しかし、パソコンはこの世界にはまだないし、ハードを作れる知識も技術もない。転生者としては全く有利ではない。コミュニケーション能力は、人間擬態しているときだけ使えますという、女以前に人として終わっている、そんな駄目人間だ。

なんといっても、最期の記憶は通販で殿下のグッズを注文したところだから末期である。

あれ、届いたのかな？　受け取ってどうなったの？　あのサイト、ログアウトしてあったかな。履歴は見ないでサルベージはやめて、魔窟を見た人爆発して。……自分のポンコツ具合に悲しくなった。

しかし、生前の推《お》しに対する信仰心が認められたのか。はたまたお布施が効いたのか。なぜだか理由はわからないが、大本命の推しの婚約者として転生させていただけた模様。

……最悪殺される運命です。はっ、お布施が足りなかった⁉

しかし、思い出したゲーム上のアリアと違う気がして戸惑った。何しろゲームのアリアは、容姿端麗、成績は優秀で、何においても無表情でそつなくこなし余裕しゃくしゃく自信満々に見えたからだ。プライドは高く、なんでも自慢してマウントは取るし、正論で論破して他人の心をへし折る。闇のように深い紫色の瞳を持ち、氷河を思わせる青白い髪は、いつでもきっちりと編み込まれ、寸分の隙《すき》さえ見せることはなかった。氷の令嬢という異名を持つ『ザ悪役令嬢』なのだ。

マウントなんか取らなくたってアリアに勝てるわけがない！　とプレイ中には憤ったものだ。

しかし、実際の私はどうだろう。

確かに人は容姿を褒めてくれるが、それは王太子の婚約者に向けたマナーでお世辞だと知っている。きちんと自覚しているからこそ、殿下の隣に相応《ふさわ》しくならねばならないと足掻《あが》いている情けない凡人だ。家柄だけで婚約者として選ばれたとわかっているから、必死に周りを牽制《けんせい》している。強がりで可愛くない自覚はある。

つい先ほどは、殿下を取られたくないという恐怖心でヒロインのカノンちゃんを転ばせようとした。最低だ。ため息がこぼれる。殿下に見限られるのも当然な気もしてきた。

ちなみにカノンちゃんは、『夢色カノン』の主人公である。ゲームの公式設定では癒しの魔力を持った庶民の女の子。庶民出の彼女は、女の子の得意とすべき料理・裁縫はお手の物、素朴で純粋と女子力の高い女の子だ。もちろん、文句なしに可愛いヒロイン中のヒロインである。

庶民がこの学園へ入れることはそれだけで特別なのだが、その上、彼女はこの国では誰も持っていない、動物と話す力を持っている設定だ。現実ではどうか確認はしていないが、きっとそうだろう。

そして、先ほど彼女の手を取ったイケメン王子様は、王道ルートの攻略対象者のジークフリート・アドゥ・リビトゥム王太子殿下。文武両道で強い光の魔力を持つ王子様という、主人公と並ぶチートキャラクターだ。

そして王道ルートでありながら、難攻不落と言われた攻略の難しいキャラクターでもある。なにしろ彼は誰にでも公平で、人前で感情的になることはない。ヒロインであってもなかなか特別扱いなどしないからだ。

しかも、王道ルートはハッピーエンドが二つあり、ジークフリート本人だけを攻略するルートと、分岐次第ではジークフリートの従者ラルゴからもナイトとして忠誠（プラトニックラブだ）を受けられる『両手に花』ルートに進めるのだ。噂では、それがトゥルーエンドではないかと言われていた。

ちなみに『両手に花』ルートは大人気で、薄い本もたくさん出た。公式のジークフリートと主人公ものから、当然の三角関係、私のイチオシはラルゴとジークフリートのボーイズラブだ。その界隈《かいわい》では最大派閥であった。

だって、身分差下剋上《げこくじょう》とか滾《たぎ》るでしょ？　ああ美味《おい》しかった。また読みたい……ではなくて！

人気のルートを、もっとも難しくしている最大の理由。それは、彼には親の決めた完全無欠な婚約者がいるからだ。

それが私、アリア・ドゥーエ・ヴォルテである。

彼女は、魔法の力は風属性と珍しいものではないが、頭はよく、教師の評価も高い。公爵家であり宰相の娘という家柄のせいもあり、学園の女子の中で中心的な存在といえた。しかも、ジークフリートを『ジーク』と愛称で呼ぶことが許されている唯一の女生徒だ。そんな婚約者（私だよ）は、政略的な婚約ではありながらも王太子に心酔しており、主人公との仲を邪魔するのだ。

確かに私は殿下にベタ惚《ぼ》れしている。大好きだ。親の決めた婚約でもいいと思うほどに大好きだ。何しろ初恋の人なのである。

それに、転生する前の私だって殿下が一推しだった。ジークフリートのキャラクターグッズは最低でも三個買いが基本だったくらいに、殿下のことが好きだったのだ。

しかし……。

私は悪役令嬢なのである。バッドエンドの場合、ゲーム最後のイベントである学年度末の舞踏会で断罪され婚約破棄を言い渡されたアリアが逆上し、カノンに刃物を向け殿下に殺される通称【御成敗《ごせいばい》エンド】となる。殿下は廃嫡《はいちゃく》され、ヒロインは責任を感じて身を隠す。

ハッピーエンドの場合、舞踏会前にアリアが自ら身を引いて隣国との政略結婚に応じる通称【ドナドナエンド】となる。ジークフリートは最後の舞踏会で、新たな婚約者としてカノンをお披露目する。それまでに、人気と実績を積み上げてきたヒロインは認められ、幸せな結婚をし、グローリア王国は光と癒しの魔力によって祝福に包まれるのだ。

どちらにしても、アリアはジークフリートと結ばれない運命なのである。

ちなみに他の攻略対象者は、学園の教師タクト、同級生のコラール、アリアの二つ上の兄ルバートがいる。従者のラルゴは、王道ルートの分岐『両手に花』ルートでのみ攻略対象者となる。

タクトルートに関しては、通称チョロルートと呼ばれておりアリアの関わりはないから問題ない。

またコラールルートも関係はない。

なお、アリアの兄ルバートルートでは、シスコンをこじらせているルバートを攻略するために、まずアリアを攻略しなければならない。

個人的にはコラールルートかタクトルートを選んでほしい。そのルートでは私は関係ない。

もしくはルバートルートでハピエンになるのなら、本気で協力する、全力で協力する。

しかし、現時点で一番可能性が高いのは王道ルートだと思われた。舞踏会の練習で悪役令嬢がヒロインを転ばすのは、王道ルートの出会いイベントであり、悪役令嬢にしてみれば破滅フラグなのである。せっかく憧れで大好きだった『夢色カノン』の世界に転生したというのに、私は破滅フラグの立った悪役令嬢だ。なんて神様はえげつない。

カノンちゃんには幸せになってほしいし、ジークのことが大好きだ。確かに腐った脳だけど、中には夢女子のハートだってある。そのうえ私は原作厨《ちゅう》。

そうなると、やっぱり選択肢《し》は一つしかない。王道ルートを応援してドナドナエンドに乗っかるしかない。推しのハッピーエンドの邪魔はできない。

――よし、私がこの手でジークをハッピーエンドに導いてみせる‼　そうだ、悪役令嬢に生まれ変わったのには意味があるのだ。

ムン！　私は大きく鼻から息を出した。

ジークが幸せになるために、平穏に婚約破棄へ向かうように画策し、カノンちゃんとの恋愛フラグをきちんと立てる。その上で、私自身は隣国への政略結婚へ向けて地道に語学勉強をしよう。

私はそう決心した。

そこまで考えてベッドの中で再び大きく息を吐き出せば、ヒタリと大きく冷たい手が額《ひたい》に触れた。おかげで一気に現実に引き戻される。

「アリア、目が覚めたのかい？」

優しい声で覗《のぞ》き込んでくる瞳は私と同じ深い紫。サラリとした青みを帯びた白い髪はツーブロックでサッパリとしている。恐ろしいほどに整った顔立ちは美しいがゆえに冷たさを感じ、氷の彫像のようである。しかし私は安らぎを感じる。

「ルバートお兄さま……？」

「大丈夫？　痛いところはない？」

「どうしてここへ？　授業はいかがされました？」

ルバートお兄さまは、シンフォニー魔法学園の三年生なのだ。なぜここにいるのだろうか。もう放課後なのだろうか。倒れてからどれくらい経《た》ったのだろう。

「アリアが女生徒と一緒に倒れたと聞いた。授業など受けている場合ではないだろう。それに午後の授業は先ほど終わった」

当然のように言い切る。まごうことなきシスコンである。私はルバートお兄さまのシスコン具合に言葉を失った。ゲームで知っているということと、実際に体感するということはまた別である。

ルバートとアリアは幼くして母を亡くし、貴族としては珍しく後妻を娶《めと》らなかったお父さまの元、お互いに依存して生きてきたのだ。満たされない愛をお互いで補いあっている。その依存を断ち切るのが、ルバートルートではカノンちゃんなのである。アリアを攻略し親友となることで、ルバートの信頼を得て、二人だけの世界に生きる兄妹の心をほぐし、世界は広いのだと教えてくれる。唯一、カノンちゃんとアリアが仲良く交流することができるルートでもある。最後にはカノンちゃんがアリアのことを「お義姉様《ねえ》」と呼ぶのだ。ルバートルートはガールズラブ派にも人気の良ストーリーである。

しかし、私は先ほどカノンちゃんを転ばそうとしてしまった。記憶が戻る前だったため、破滅フラグを自ら立ててしまったのだ。

「アリア？　まだ具合が悪そうだね？」

心配そうに覗き込むルバートお兄さまに我に返った。

「いいえ、もう大丈夫です。心配をおかけしました」

ノロノロとベッドの上に起き上がる。本当にこの美しい兄の妹なのだろうか。ルバートお兄さまを見たことで、さらにアリアとしての自信がなくなってくる。

「鏡をいただけませんか？」

「ああ」

ルバートお兄さまは、保健室にあった可動式の姿見をベッドの近くまで運んできてくれた。

私はそっと姿見に目を向けた。戦々恐々として薄目でそれを確認する。なぜなら、先ほどまで自分の見た目など普通だと思っていたからだ。

纏《まと》められたストレートの髪は乱れていても綺麗《きれい》だ。細い眉は不機嫌そうに歪《ゆが》んでいる。悪役令嬢らしく棘《とげ》のある吊《つ》り上がった大きな瞳は、菫《すみれ》のような紫色。顔色は少し青白く、疲れを感じさせる。グラマラスな体つきはそのままだが、シワのついた制服なんて、ゲームでは見たことはなかった。

――少し精彩を欠いているけど、十分綺麗だよね……？

前世の最底辺女子と比べているからかもしれないが、昨日より綺麗に見える。

私は乱れてしまった髪を解《ほど》いた。いつだって隙を見せないように、きっちりと侍女にセットしてもらっている髪。ストレートの髪はサラサラと落ちた。簡単に手で梳《す》いてみる。素晴らしい触り心地だ。はー、癒される。

――自分が動くだけで新規絵になるってすごくない？　最高だよね？　そうだ！　どうせ婚約破棄になるなら、『夢色カノン』の未公開映像を堪能《たんのう》しよう。それにせっかくジーク呼びを許されているのだ。ジークと呼ぼう。うん、そうしよう！　ビバ！　オタク！　オタク最強！

そう心の中で盛り上がっていたら、コンコンコンとドアを叩《たた》く音がした。

お兄さまが不機嫌そうに無言でドアを見つめた。

「どなた？」

問えば性急にドアが開かれる。

「アリア？　目が覚めた？」

ジークの声だ。

「ジークっ！」

私は慌ててベッドのアッパーシーツを巻き上げ、それに包《くる》まった。十二歳で婚約をしてから髪を下ろしたところなど家の者にしか見せていないのだ。婚約者のいる淑女は、髪をきつく結う。今は廃《すた》れつつあるこの国の古い習わしである。しかし、私は王太子の婚約者であることから、マナーに厳しい婦人たちの目を気にしてきつく結っていたのだ。

髪を解いた私を見て、入り口でジークは固まった。いつも冷静沈着なジークにしては珍しい。ジークについてきた、従者のラルゴも息を止めた。ジークより少し背の高いラルゴがジークの後ろに控える姿は、まさに光と影である。美しい。

――二人して固まった姿がメチャカワです！　新規絵ありがとうございます！

思わず手を合わせそうになる。ではない！　違う！

二人がこんなところに来るなんて、あまり良くない事態に違いない。完全に破滅フラグが立ってしまった、そういうことだろう。

ルバートお兄さまの咎《とが》めるような小さな咳払《せきばら》いで、私たち三人は我に返った。

やっぱりあの意地悪を怒られるのだろうか。ゲームのジークは、アリアがカノンをイジメるたびに軽蔑するような顔で見ていた。

「どうして二人がこんなところまで？」

恐る恐る問えば、ジークは無表情のままツカツカとベッド際までやって来た。そして、お兄さまに軽く「失礼」と微笑んで見せてから、私の起き上がるすぐ横のベッドの端に当たり前の顔をして腰かける。

「婚約者が倒れたのだ。見舞いに来るのは当然の務めだろう？」

不思議そうに微笑んだ。

「ありがとうございます。そ、それで彼女は？　お怪我は？」

まずはそこを聞いておきたい。ジークは静かにラルゴへ目配せをした。

「彼女は少し足を捻《ひね》られたようですが、アリア様が庇《かば》ったおかげで大きな怪我はありません。その後も授業を受けられていました」

「良かったわ」

ラルゴの答えに安心する。出会いイベントはともかくとして、大きな怪我をさせたいわけではなかったのだ。

ジークは小さくため息をついた。

「まさかアリアが手を差し伸べるとは思っていなかったから対処が遅れた。すまない。その上、いつもは凛々《りり》しい君が目を覚まさないのだから驚いたよ」

不機嫌な顔をあらわにされ身が縮む思いだ。いつもなら人前で感情を表さないジークが、こんな顔をすることに驚いた。相当に怒らせてしまっているようだ。

「抱き上げてみれば……、君があまりにも軽くて……。いったんは授業に戻らざるを得なかったが、僕のいないところで万が一のことがあったらと心配で駆け付けた」

真摯《しんし》な瞳で見つめられて、胸がキュンと高鳴る。ゲームで見た通り、いやそれ以上に現実のジークは格好いい。

そして、ジークは心配性だった。ゲームでは主人公だけに向けられていたと思っていたけれど、婚約者にも優しい人だったのだ。そんな優しい彼だからこそ、ゲームのアリアは彼をますます好きになりカノンを追い詰めてしまったのだろう。

「でも、そのように心配されるわけにはまいりません。あれは私の意地悪だったんですもの」

私は本当のことを告げた。丁度《ちょうど》、ジークもラルゴもお兄さまもいる。自らの罪をさらけ出し、嫌われた方がいい。カノンちゃんとジークは結ばれるのだ。早めに悪事を白状し、円滑に婚約破棄へ向かいたい。

三人は信じられないというように目を見開き、私を見つめた。

「アリアの意地悪？」

ジークは驚いたように目を瞬《またた》かせた。

「ええ、カノン嬢に嫉妬して足を出して転ばせたのは私です。申し訳ございませんでした」

私は皆の視線が怖くなってアッパーシーツに隠れるようにして頭を下げた。

「アリアが？　嫉妬？　カノン嬢に？　なぜ？」

ジークが矢継ぎ早に問い質《ただ》す。

「とても可愛らしい方でしたので……殿下の目に入ることを恐れました。公爵令嬢として恥ずかしい限りです……お叱《しか》りは受けます」

正直に罪を認め懺悔《ざんげ》する。

「アリアより可愛い娘などいないだろう？」

ルバートお兄さまの声に、ジークとラルゴが小さく笑うのがわかった。シスコン全開の盲目的なセリフに呆《あき》れたのかもしれない。

恐る恐る顔をあげる。醜い所業に見放されたかと思いきや、なぜかジークは満面の笑みで私を見つめていた。

「ちょっと意外で驚いたな。君が誰かに嫉妬するとは思いもしなかったから。僕らは家の決めた婚約者同士だし」

改めてそう言われ、少し落ち込んだ。知ってはいたけれど、やっぱりジークは私に興味などなかったのだ。

「……身の程知らずとお笑いください……」

「そんなことはない。君とは政略的な関係しかないと思っていたから意外だっただけで。逆に僕は嬉《うれ》しい。うん、そうなんだ。アリアが嫉妬。ふうん？」

ジークは噛《か》みしめるように言うと、楽しそうに私の顔をジッと眺めた。遊ばれているような状態でいたたまれなくなる。グッとアッパーシーツを握りしめた。

「でも、それでアリアが下敷きになっては意味がない」

「申し訳ございません……」

「で、ところでさっきから、シーツを被《かぶ》ってどうしたの？」

私はアッパーシーツの隙間から少しだけ顔を覗かせた。

「髪を解いてしまい見苦しいのです……」

答えればジークはフッと笑った。

「君の髪は美しいよ」

「お戯《たわむ》れを」

そう答えれば、ジークはアッパーシーツを押さえる私の手を布の上から掴《つか》み、無理やりこじ開ける。

――無様な姿を見られたくない！

「お止《や》めに……なって……」

恥ずかしくて顔を背ければ、耳元にふわりとジークの気配を感じる。

「こんな風に恥じらうなんて、可愛いね」

囁《ささや》きが耳をくすぐり、胸に響く。

いやっ！　声だけでキュンキュンしちゃう！　ではない！　公式大丈夫⁉　最高ですごちそうさまですと喜ぶ心と、いやいや原作はそんなこと言いません！　と思ってしまう一部分。

だって、ゲームではカノンちゃんに「アリアは強いから僕がいなくても大丈夫」とか言っちゃう人なんだよ！　この人！　だがしかし、これが原作なんだから、原作と解釈違いとか？　うそ、そんなのありえない。

混乱し真っ赤になって言葉を失う私を見て、ジークは笑った。そして、シーツの隙間からこぼれた青白い髪を一筋取ると指先でもてあそぶ。

「こんなふうに触れてみたかった」

「やめ」

「君はいつも綺麗に纏めているから、簡単に触れてはいけないと思っていた」

「そんな……」

「崩してみたいって……思っていた」

声だけで腰が抜けた。ＣＶ《キャラクターボイス》誰よ？　ジーク様ですね！

婚約してから一度だってこんなことをされた記憶はない。もちろん前世でも経験なんかあるわけなかった。乙女ゲームや本では知っているが現実にはあり得ないと思っていたのだ。アラサー彼氏なしの私は耐性がなさすぎる。

私はアッパーシーツで顔を覆い隠した。ホント、いたたまれないから。勘弁してください。

「殿下、妹を困らせないでください」

ピシャリとお兄さまの声が響き、ジークは私の髪を離した。ハラリと氷のような白い髪が光に解ける。

「僕の婚約者殿があまりにも可愛らしいことを言うものだから」

ジークの飄々《ひょうひょう》とした答えに、お兄さまが怪訝《けげん》そうな顔をした。

「突然どういった心境の変化です？　いつも冷静な殿下らしからぬお言葉ですね」

「アリアの前では王太子でなくても良いでしょう？」

「一人の男という意味ですか？」

お兄さまの問いにジークは答えずにただ優雅に笑っただけだ。お兄さまはため息をついた。

「ラルゴ、殿下の行いに苦言を呈せるのはお前だけだからな。アリアは婚約者である前に公爵家の娘だ。婚前にゆめゆめ間違いなどあってはならない」

「承知しております」

ラルゴはお兄さまの言葉に頭を下げた。

保健室の空気が氷点下である。気まずい空気に身も心も凍りそうだ。

それに、ジークはいつまでもここにいてはいけない。恋愛フラグをきちんと回収しなければ、ジークのハッピーエンドが危うくなってしまうのだ。ゲームでは頑張ったカノンちゃんに、ジークが放課後に声をかけていたはずだ。それをきっかけに二人は仲良くなっていくのである。重要な恋愛イベントだ。

「殿下。どうか、カノン嬢の元へお戻りください」

そう告げるとジークは驚いたように息を飲んだ。

「……なぜ？」

「怪我は小さいとおっしゃいますが、私の悪意によって傷つかれた方です。加害者の私より被害者の彼女に心を砕くべきかと存じます」

私の言葉にジークがため息をつく。

「……さすがアリアだ。こんな時でも正論だね」

嫌味にも聞こえるジークの声に、胸がヒリヒリと痛む。でも仕方がない。私は王道ルートの悪役令嬢。立派に当て馬を演じなければいけないのだ。すべては推しの幸せのためだ！

「今は君の言葉に従おう」

ジークは立ち上がると、ラルゴを連れて保健室を出て行った。その毅然《きぜん》とした背中を私は切なく見送った。

ジークの触れた髪を一筋すくう。手の中でキラキラと光る髪。氷のようで冷たく見えるから女の子としては可愛くないと、自分ではコンプレックスだったのだ。その髪をジークが触れたいと言ってくれた。美しいと言ってくれた。

「明日から髪をおろそうかしら」

小さく呟《つぶや》けば、ルバートお兄さまは呆れたように笑った。

もう王太子妃候補として肩ひじ張っても仕方がないのだ。もう古くからの習わしに縛られる必要はない。

その事実に一抹《いちまつ》の寂しさも覚えながらも、少し肩の荷が下りたような気がした。


♪


縛り上げていない髪はとても壮快な気分になる。ジークが褒めてくれたから、あれから髪をおろすようにした。そもそも風の魔力を持つアリアにとって、風の力を感じられる髪型はのびやかな気分になるのだ。サラサラと揺れる髪にごきげんになる。

今日は王立図書館にやってきた。シンフォニー魔法学園内には、王立図書館が建っている。他にも敷地内には王立の施設が数棟建っており、学園の生徒は自由に利用することができた。学園には、大学部と高等部があり、私たちの学ぶ特別クラスは大学部の中にあるのだ。特別クラスの生徒は、結婚でもしない限りそのまま大学部に進学することが多いためだろう。

一般の学生の学ぶ高等部と特別クラスの大学部の間に、王立図書館とホールがある。一週間ほど前にこのホールで特別クラスと一般クラス合同のダンスの授業があったのだ。ジークとカノンの出会いイベントがあった会場である。このホールでは学園内の行事が催されるだけでなく、学園で使用されないときには一般に開放され、演劇やコンサートなども行われている。

その隣に建つ王立図書館は古い。蔦《つた》の絡まる煉瓦《れんが》造りの高い塔は、地下二階、地上三階と屋上の空中庭園でできている。地下は貸出不可の書物や禁書などが厳重に保管されており、司書と一緒でなくては入室することすらできない。

地上一、二階は一般公開された図書室で、三階は学習室。その上に薄暗い螺旋階段が続く。螺旋階段を上りながら本を選べるようになっていて、上ると小さな空中庭園がある。

私は最近この庭で本を読むことが多い。人目を避けてワグナー王国のことを調べているのだ。ワグナー王国とは、ドナドナエンドでアリアが送られる隣国である。将来的に行かなければならないのなら、言葉くらい覚えていなければ不自由すると思ったのだ。

ワグナー王国とグローリア王国は、過去数回戦火を交えてはいるが、現在は隣国同士として交易も行っている。だが昔は戦争をしていたこともあり、わだかまりも残っているのだろう。まだ友好国とはいえず、現状は表立った対立はないが、ひとたび何か起これば一触即発という緊張感ある関係なのだ。

そういった事情もあり、ワグナー王国の評判はあまり良くはない。辺境の地の暗くて深い森の向こうの、そのまた先に彼《か》の国はあるという。隣接する土地の人たちなら少しは知っているのだろうが、ここ王都では特別なことでもない限り、ワグナー王国の人と関わることはない。国の行事等で見かけることはあっても、武装しているワグナー王国の使者たちは、鎧《よろい》のマスクをすっぽり被っていて顔を見ることはなかった。

人の皮を被ったケダモノだとか、あの国へ行くと帰ってこられないだとか、口さがない噂《うわさ》もある。女がその国の名前を口にするものじゃないなんて、窘《たしな》められたりするのだ。そのため国の名前を出さず、『彼の国』などと呼んだりする。明言されているわけではないが、女性が彼の国の言葉を勉強するなどもってのほかという雰囲気があるのだ。

というか、そんな国と政略結婚がなぜ成立するの？　まるで生贄《いけにえ》だ。いや、まさに生贄なのか。

ただ、交易はしているし、この国の使者たちも無事に帰ってくる。国の行事には来賓《らいひん》も招待されているのだ。そんな魔界のようなところではないだろう、と私は思っているのだが……。

――ほらさ、話せばわかる、きっと、多分。だからこそ、コミュニケーションの手段は絶対絶対必要だ!!

この国の宰相でもあるお父さまにチラリと尋ねたところ、不愉快そうに眉をひそめられた。家の図書室に蔵書があるのも見かけたのだが、家族の前では開くことすら躊躇《ためら》われた。お兄さまに見つかれば、関連書籍を片付けられてしまいそうだ。

というわけで、普通にしていたら何もわからないのだ。ただし、ここ王立図書館は違う。誰も読まない螺旋階段の棚の中に、ひっそりとワグナー王国の資料はあった。少し古いが辞書もある。ワグナー語の素敵な絵本があったから、地道に訳して勉強をしている最中だ。

こういう時、海外で作られた推しのファンアートを意地でも理解しようとしていたオタク根性が発揮される。ここには翻訳ソフトがないけれど、執着があればなんでもできる！　オタク強い。

語順はほぼこの国と同じなので、文法的には苦労は少なかった。ただ、スペルが若干《じゃっかん》違うようで発音がわからない。そのため、頭に入りにくい。

音が知りたい……。

私は暗い螺旋階段で本を何冊か選び、明るい空中庭園へ出た。突然の青い空が眩《まぶ》しい。出入り口の両側には大きなツボにフウチソウが活《い》けられている。スカートにその細い葉が触れ爽《さわ》やかな音を立てた。空中庭園の中央には実のなる木々と、ハーブが植えられた円形の花壇があり、その外周は石作りのベンチになっていた。また、空中庭園の外周には目隠しを兼ねているのだろうか、少し背の高い木々がところどころに植えられていた。誰かが手入れをしているのか、地味な草花が多いけれど自然で心地よい庭である。

ここなら、チャイムも聞こえるし人の動きもよくわかる。少し隙間はあるが、木々の間に隠れれば下からはこちらの様子が見えないはずだ。カノンちゃんのイベントを見逃したくない私にとっては、学園内の様子がわかる空中庭園はとても便利だ。私は早速、外周の木々の間から下の様子を窺ってみる。すると、ジークとカノンちゃんが何やら話をしているのが見えた。

私は慌てて双眼鏡を取り出した。ジークの瞳と同じ色をした双眼鏡である。空中庭園に来るときには持ち込んでいるのだ。

素晴らしきかな、新規絵。私は手を合わせてから、こっそりと二人の様子を眺めた。出会いイベントでの怪我をきっかけに、ジークとラルゴはカノンちゃんと仲良くなり始めたのだ。二人は話を終えると、すぐに別れて行ってしまった。まだまだ好感度が上がっていないらしい。好感度を上げるにはもう少しイベントをこなす必要がある。しかし、まだ初々《ういうい》しい様子も素晴らしいではないか。恋の始まる以前から二人を見守ることができることに満足した。

私は中央の花壇に向かい、白い小さな花々の近くに置かれたベンチに腰掛けた。早咲きのセイヨウカノコソウだ。いつもはカミツレの側のベンチを使っているのだが、キジトラの猫がお昼寝をしていたから遠慮したのだ。キジトラの猫は私よりも常連のようなので、後輩の私は敬意を払っている。本当はモフりたい。あわよくば肉球を押したい。額を吸いたい‼　でも、気持ちよさそうなので止めておく。

私は絵本を開いた。脇にワグナー語の古い辞書を置く。魔力でセイヨウカノコソウに風を送る。バニラに似た心地よい香りがする。絵本はとても可愛らしい絵柄で、だいたい絵からストーリーが想像できる。文も短いためワグナー語初心者の私でもなんとか訳すことができる。

初めて見る単語をメモしながら夢中になっていると、気が付いたら猫が私の脇に寄り添っていた。目があった。猫が目を細めて顎《あご》を上げた。私は思わず指を鼻先に近づけてみる。猫が指先の匂いを嗅いだ。

――かわいいいぃぃぃぃ。

そっと額に手を伸ばしたら、気持ちよさそうに目を細めた。

――ふぁぁぁぁ‼　やっと触らせてもらえたー！　フワフワだ。

私は感動を噛みしめる。やっと、やっと触れられたのだ。この感動を忘れないうちに日記に書こう！（日記書いてないけど）

キジトラの猫は私の膝に置いた絵本を覗き込んだ。

「おぬこさまも興味あるのかしら？」

思わず話しかければ、猫は不思議そうに眼を真ん丸にして私を見上げた。金目銀目のオッドアイだ。美しい。

「ああ、おぬこさまっ！　両目に月と太陽を宿してらっしゃるのね！」

感嘆したら、猫は驚いたように身体をこわばらせた。

「大きな声を出してすみません」

謝ると、そっと前足を私の膝に乗せようとして、逡巡《しゅんじゅん》したように前足を彷徨《さまよ》わせ、膝につけずに下ろした。

人に上って叱られたことでもあるのだろうか？　私は本を脇に置き膝を空けた。是非ともここへ上がってほしい。

「どうぞ、おぬこさま」

声をかけると、確認するように首をかしげるからたまらない。私が微笑みかければ、トンと膝に乗った。

――はうぅう！　かわいい！

猫はそこで丸くなって目を閉じた。私は猫のお昼寝の邪魔にならないように、絵本を捲《めく》り始めた。

猫の寝息が響く。温かい体温が、上下に動く。セイヨウカノコソウの甘い香り。

遠くからチャイムが響いてくる。ああもう、帰りの時間だ。

でも、猫が目を覚まさない……どうしよう。起こしたくない、離れたくない。そう思って動けずにいると、珍しく空中庭園のドアが開いた。

ジークだ。私は慌てて辞書と絵本、それに双眼鏡を背に隠した。

「アリア？　こんなところで何をしているの？」

「ジークこそどうしたのですか？」

答えた瞬間、猫が立ち上がり、ぴょんと膝から降りていく。猫は振り返らずにジークの足の間をすり抜けて、ドアから出て行った。

「ああ！　おぬこさま！」

思わず声をかければ、ジークは怪訝な顔をした。

「おぬこさまって？」

「あ、猫の、名前です……」

ネットスラングを指摘され、しどろもどろに答えれば、ジークは小さく笑った。

「変な名前だね」

私はそれ以上質問されないよう慌てて話題を変える。

「ジークは何か御用があってここへいらしたのでしょう？」

「ううん。下から見たらアリアの姿が見えたから会いに来ただけ。双眼鏡で何か見ていたようだけれど、何を見ていたの？」

私はカッと顔を赤めた。覗き見していたのを見られたらしい。

「……と、鳥などを……」

「ふーん？　鳥が好きだなんて初めて知った。でも、そろそろ帰りの時間だよ」

そう言ってジークはごく自然に手を差し出した。見られてはいけない本を持っていた私は身じろいだ。それに、あまり仲良くしても悲しいだけだ。私はドナドナエンドなのである。

「本がたくさんなのです。返しながら下りますので、ジークは先にどうぞ」

「手伝うよ」

「いえ」

「て つ だ う よ」

そう言われて、私はおずおずと背中に隠した本を出した。それを見て、ジークは呆れたといったように大きくため息をついた。

「……アリア」

「申し訳ありません」

「どうしてそんなものを読んでいる？　淑女が読むべきものは他にあるだろう」

ヒリヒリと緊張感のある声色は、王太子としての発言だろう。プライベートより少し言葉尻がきつくなるのだ。

見つかれば非難されると予想はついていた。だからこそ隠してきたのだ。でも、私には必要な知識だ。私は隣国へ嫁ぐ可能性があるのだ。言葉もわからないなんて、恐ろしいではないか。

私はジークを見つめ返した。ジークにもこれだけは理解してもらわなくてはならない。

応援してほしいとは言えない。だけど大目に見てほしい。しかし王太子の婚約者である私が、隣国へ嫁ぐ可能性を口にしたら、この国への裏切りだと思われてしまう。

「私はジークの婚約者です」

今はまだ。心の中で思う。ジークは不愉快そうに眉をひそめた。きっと不本意なのだ。わかっていても心は傷つく。

「他のご令嬢と違って、彼の国のことを知っておくべきだと考えました」

「しかし」

「ゆくゆくは外交の席で接することもありましょう？　それなのに相手の国のことを何も知らないなんて、無礼ではありませんか？」

そう言えば、ジークは少し考えたようだった。

「アリアはそこまで考えて……、いや、わかった。でも、淑女が彼の国に興味を示すことはよくは思われない。あまり人には話さないよう」

「はい、心得ております」

「確かに僕すら、気が付かなかったくらいだから心配はいらないだろうけど。ただ、僕はアリアの味方だ。何かあったら相談してほしい」

ジークはそう言って、私の辞書を取り上げた。

「一緒に戻しながら帰ろう」

ジークの言葉にホッとして微笑めば、ジークも微笑を返してくれた。

「アリア、そんなに一人で頑張らなくてもいいのに」

ジークが少し寂しそうに微笑んだ。

「無理はいたしませんわ」

私は心配をかけないように微笑んで見せた。


翌日、私の部屋には最新のワグナー語の辞書が届けられた。一緒に初歩的なテキストもついていた。大学部の外交官を目指す科へ進まなければ手に入らないものらしい。ジークが手配してくれたのだ。さすがのスパダリ、ジークフリート王太子殿下だ。政略的な婚約者相手にでも、こまやかな心遣いができる。私が望みを叶《かな》えられるよう、力を貸してくれたのだ。そんなところがやっぱり好きだと改めて実感した。

♪


私は朝から憂鬱《ゆううつ》だった。

一学期の中間テストが終わり、今日結果が発表される。上位五名までが掲示板に張り出されるのだ。入学直後のクラス分けテスト以来、二度目のテストである。ゲーム上では、このテストでカノンちゃんが学年二位になり、特例中の特例で学期途中でありながら普通クラスから特別クラスへ編入することになっている。

シナリオ通りでいけば、入学直後のテストでは女子の中で一位だった私が、カノンちゃんに抜かれ二位となってしまうのだ。王道ルートのためには、私が二位以下になるために手を抜けばいいのかもしれなかった。しかし、まだ王太子の婚約者だから成績を落とすわけにもいかなかった。語学の勉強と並行して、テスト勉強も頑張ったのだが、自信はない。私はいわゆる凡人で、天才には程遠い。どうしたって、魔力はヒロインには及ばないし、頭だってよくはないのだから。

足取り重く掲示板の前に行く。ザワつきがいつもより激しい。振り返った学友たちが、私を見て道を空ける。同情的な顔、好奇な目。掲示板を見れば、やっぱりゲームの通りで少し落胆した。努力がすべて実を結ぶわけではないと知ってはいたけれど、現実は厳しい。これで、ヒロインが王道ルートに入っているのが確定した。

――あんなに頑張ったんだけどなぁ……。

白い紙に黒々と書き出された文字。一位は当然のごとくジークだ。そしてカノンちゃん、ラルゴと続き、私は五位。張り出された中の最下位だ。

「……アリア様」

学友の一人に戸惑いがちに声をかけられる。今は面倒だ、答えたくなんかない。だけど私は表情を隠し笑って見せた。

「なにかしら？」

「今回は……」

言葉の前に遮る。同情を受けてはいけない。そう父から教えられている。気高くなくてはいけない。それに、私が対応を誤ったら、カノンちゃんの立場も危うくなる。

「しっかり勉強したつもりでしたが及びませんでしたわ。残念です」

そう言えば慌てたように慰めてくれる。

「こんなこともありましてよ」

薄く笑う級友たち。

「ええ。きっと皆様努力されたのでしょうね」

苦く思いながらサラリとかわす。

「アリア様は最近、王太子妃となるべく学園以外の勉強をされていると聞いております。その中でこの成績はご立派だと思いますよ」

ラルゴの声に周囲の注目が集まった。いつの間にか背後にはラルゴとジークがいて、ジークはラルゴの側で穏やかな顔をして佇《たたず》んでいた。王太子として公平性を保つため、ジークはこのような場所で誰かを庇い立てすることはない。唯一庇うのは好感度を上げた後のヒロインだけだ。

「学園以外の勉強もされているとはさすがアリア様ですね」

級友の声が変わった。小さいころからこうやって、ラルゴは私たちをフォローしてくれる。ジークの従者である前に、信頼できる幼馴染なのだ。

「それでも学園の勉学をおろそかにしてよい理由にはなりませんわ」

級友の声に正論で答え、その場を後にした。野次馬の目線が背中に刺さって痛かったが、背中を伸ばしてそれを受けた。毅然とし貶《おとし》められてはいけない。

クラスに戻って自分の席に着く。最前列の中央は、男女の首席が並んで座ることになっている。きっとここに座るのも最後だろう。明日にでも、カノンちゃんはこのクラスに来るのだろうから。これから先、もう二度と私はジークの隣に並べなくなってしまうのだ。

私は静々とそこへ腰かける。周りの目線が痛い。でも、俯《うつむ》いてはいけない。私は公爵令嬢であり、今はまだ王太子の婚約者なのだから。そう思いグイと顔をあげた。


♪

翌日。

麗しいチャイムの音が響き渡る。学園内に設置された鐘の音だ。授業の始まりの合図でもある。

先生とカノンちゃんが教室に入ってきた。私の席はすでに前から二番目に移動されていた。同情と好奇の視線が刺さる。

特別クラスのホームルームが始まり、カノンちゃんが紹介された。

最前列の中央は、男女の首席が座る場所だ。すでにジークの隣には、カノンちゃんの席が用意されていた。私はそれを後ろから見守る形になる。クラス内は当然のことながらザワついた。

そもそも特別クラスに来るものは、地位や実力のある貴族が多く、小さいころからお茶会などの社交の席での顔見知りが多いのだ。ちなみにもう一人の攻略対象者コラールも同じクラスのエリートだ。

私は好奇の目にさらされながらもシナリオの進行を妨げないよう、悪役令嬢の役割を全《まっと》うすることにした。

先ほど先生から頼まれたノートの返却を、シナリオ通り押し付けることにしたのだ。ゲーム上でアリアはカノンちゃんに面倒な仕事を押し付けて、まるでメイドのように扱っては見下した。まったくもって痛い行動ではあるが、私もそれを実行する。

「カノン・アマービレさん、あなた、これを皆さまに返却して？」

両手に抱えたノートを押し付ける。

「あの、でも、私まだ皆様のお名前を……」

「まぁ！　まさか、クラスメイトの名前を覚えていらっしゃらないの？　でしたら覚えるためにも返却なさい。あなたもこのクラスの一員となるのなら馴染むための努力をするべきですわ」

　悪役令嬢っぽくニヤリと笑う。実はここでゲームでは無知だとか下賤《げせん》だとか言うのだけれど、さすがにそれは酷《ひど》すぎるので省略した。チラリとジークを見る。ジークの後ろには当然のことながらラルゴがいた。不可解そうに私を見るラルゴ。ジークは穏やかな目で私たちを見るだけだ。人の目を奪う華やかさと、しかし孤高すぎない程度の絶妙な柔らかさを併せ持つ政務用の顔である。いつも私に見せるような微笑とは違う、隙などは一切ない完璧すぎる表情に私は戸惑った。ジークの感情が読み取れない。私にすら表情を読み取らせないようにしているのだ。

　シナリオではここでジークが助け舟を出して一緒にノートを返却するのだが、近づいてくる気配がない。

　——え、どうしよう……。これ、どうしたらいいの？

　カノンちゃんは困った顔でノートを抱えたまま、教室内を見回している。クラスメイトはサッと目をそらした。攻略対象者のコラールすら助けに来る様子はない。まだ親密度が上がっていないのだ。予想外の展開である。困ったことになった。

「あ、な、名前がわからないのでしたわね？　なら王太子殿下にご協力いただければよろしいのよ！」

　おほほほほ、などとわざとらしく笑いながらカノンちゃんの背を押して、ジークの前まで連れていく。

ジークとラルゴは怪訝そうな顔で私を見た。私はサッと目をそらす。

「この方クラスメイトの名前もわからないそうですのよ？　ノートも配れないようでは困りますでしょ？　ご指導よろしくお願いいたしますわ」

「アリアが指導すればよいのでは？」

当たり前のことをジークが表情一つ変えずに言った。私は思わず咄嗟に答える。

「シナリオで決まっていることです！」

「……シナリオ？」

ジークは不信感も露《あら》わに私を見た。冷たい目である。私は冷や汗をかきながら、ジリジリと後退する。

「……いえ、あの、しきたり！　そう、ここは首席のジークがするのがしきたり……だと思いますの！　カノン嬢より劣る私などから指導など、おこがましいでしょう？」

さすがに無理があっただろうか？　精一杯、悪役令嬢らしく言ってみる。

ジークは小さく息を吐いた。

「アリアがそう言うのなら」

「存分にご指導して差し上げてくださいね」

それだけ言い残して私はサッと身を翻《ひるがえ》した。

「あの！　アリア様！　ご配慮ありがとうございます！」

カノンちゃんの無垢《むく》な声が響いた。

――悪役令嬢なのに感謝されてしまった……。

この純真でひたむきな姿に、悪役令嬢の私でさえキュンとしてしまう。ゲームで以前から知っていることもあって、自然に応援したくなってしまうのだ。

しかし、ジークは表情を変えることなくカノンちゃんと一緒にノートを配り始めた。こんなに可愛らしいのにときめいたりしないのだろうか？　私は少し不思議に思う。それともジークお得意のポーカーフェイスなのだろうか？

とりあえず、ギリギリではあったがシナリオの再現はできてホッとする。お互いに協力しながらノートを配っている姿はゲームそのもので、口角が自然と上がった。


そうやって私は、日々ストーリーの回収に励んだ。ジークとカノンちゃんの二人の時間を増やすために、ジークが私に頼んだ仕事をカノンちゃんに押し付け、質問をしてくるカノンちゃんを、あえて「殿下に聞いたらよろしくてよ」なんて悪役令嬢風に突き放したりもした。

王道ルートを死守すべく、私は悪役令嬢を頑張った。そして回収した王道ルートへのフラグとスチル。ゲームをしている時から思ってはいたのだが、ジークとカノンちゃんの並ぶ姿は格別に美しいのだ。しかも動いているのである。やはり本物は違うと、私は満足した。

私の努力の結果もあってか、学園内ではジークとカノンちゃんの仲について噂が立ち始めた。その影響だろうか、カノンちゃんが孤立してきているようだ。それは少し気の毒に思ったが、すべては推しのハッピーエンドのためである。ひいてはカノンちゃんの幸せにもつながるのだ。カノンちゃんが将来グローリア王国の王太子妃となるためだ。今一時の苦しみは我慢してほしい。

教室へ帰る道すがら、窓の下にカノンちゃんを見かけた。一人ぼっちでベンチに座っている。足もとにはリスらしい小さい影。ベンチにはたくさんの鳥が止まっていた。見たことのある光景。スチルの一場面だ。ゲームの通り進んでいるらしい。

さすがヒロイン。孤独な姿も美しい。風にそよぐ桃色の髪が儚《はかな》げで、庇護《ひご》欲をそそるのだ。小動物に囲まれているからこそ、独りであることが引き立ってしまう。

気の毒だと思う。声をかけたいとも思う。もともと好きなキャラクターでもあり、彼女の魅力は十分に知っているのだ。

しかし、駄目だ。彼女はここで孤独な時間を過ごすことで、攻略対象者に出会ったりするのだ。

原作厨な私は、『間違ってもフラグを折ってはいけない！』と心に強く刻み付けた。

♪

本日はイベント日和《びより》である。穏やかに晴れた午後。シンフォニー魔法学園の裏庭は麗《うら》らかな日差しが降り注いでいた。図書館へ勉強をしに行こうと思いながら、ふと外を見れば、我らがヒロインのカノンちゃんがベンチに座っている。緑いっぱいの木陰で一人書類を読んでいる彼女を見て気が付いた。カノンちゃんが持っているピンクの紙は特待生の重要提出書類だ。今からイベントが発生するに違いない。

風に巻き上げられたピンクの提出書類をリスに取ってきてもらうところを、ジークが目撃するシーンである。カノンちゃんが動物と話す特技をジークが目の当たりにするのだ。噂には聞いていても実際目にすると感動もひとしおだろう。これをきっかけにジークの関心はカノンちゃんへ向かい、二人の距離が一気に縮まる重要なイベントなのである。

私は胸を高鳴らせて校舎の窓から今か今かとそのタイミングを待ちわびていた。

しかし、今日は穏やかな日だ。現在完全無風状態。風なんか吹くのだろうか。ハラハラしていれば後ろをジークとラルゴが通り過ぎた。

「何をしているの？　アリア」

「少し外を見ていました。ジークはこれからどうなさるの？」

シナリオの進行をジークにさり気なく確認しつつも、後ろめたさを感じ目をそらす。

「何か面白いものでも？」

ラルゴが窓を覗き込んだ。裏庭のカノンちゃんが見えたはずだ。私は慌てて話題を変える。

「なんとなく、なんとなく、ですわ！　それより二人は？」

「ああ、僕らは先生に頼まれたものを職員室に届けに行くところだよ」

見れば二人の手の中には教材があった。首席はクラス役員を兼ねるので何かと仕事が多いのだ。

「いつも大変ですね」

「当然のことだよ」

ジークはそう言って職員室に足を向けた。

まずい。この後ジークはカノンちゃんに会うはずだ。イベントのときに職員室の帰りだと言っていたから間違いない。完全無風の今、これではイベントが起こらない。ゲームではわからなかったけれど、もしかしてあの風はアリアが起こした嫌がらせだったのかもしれない。

だとしたら私がアクションを起こさなければイベントは発生しないことになる。あの尊いスチルが無になってしまう。推しの幸せフラグが折られてしまう！

私は慌ててカノンちゃんの元へ向かった。


「アマービレさん。あなた、ここで何をしているの？」

ゲームの中のアリアは、カノンちゃんを他のクラスメイトと差別するためにあえて名字で呼んでいた。私もそれに倣《なら》う。そして、悪役令嬢らしく仁王立ちをし、肩にかかる長い髪をバサリと払ってみた。ゲームで何度かアリアがやっているところを見ていたからやってはみたけれど、これはなかなかに恥ずかしい。

カノンちゃんは私を見て驚いたように立ち上がった。ベンチにピンクの紙を無造作に伏せる。

「書類の確認をしていて……」

カノンちゃんが答える。

そうして私たちは見つめあった。それはさながらヒロインと悪役令嬢の対決シーンだ。しかし、バチバチと火花なんか散らなかった。何しろ、カノンちゃんは無垢な目で私を見つめているし、私も敵対心はない。そして演技力もなかった。

「……………」

無言になる。

慌ててカノンちゃんの前まで出たのはいいけれどノープランだった。正確に言えば、私が行けばシナリオが勝手に進むだろうと楽観視していた。しかし、何も起こらない。当たり前だ。悪役令嬢の私が何かしなければストーリーが進まないのだ。

「あの？」

不思議そうな顔をしてカノンちゃんが私を見た。私はビクリと後退した。何しろ前世はコミュ障のオタクだったのだ。理由もなく一般人に話題をふるとか無理すぎる。慌てふためいた私は背中に指先を隠し、風の魔法でつむじ風を巻き起こした。

「きゃあ！　風で書類がっ！」

突然の突風にカノンちゃんが驚いて声を上げた。

指先から巻き起こった風は、ゲーム通り提出書類を木の枝に引っかけた。とりあえず場面を再現できて、私はホッとする。

カノンちゃんは戸惑った顔で木の上の書類を眺めた。

「どうしよう……あんな高いところ私では……」

呆然《ぼうぜん》と言葉を失って、ただ木の枝に引っかかるピンクの紙を眺めるばかりだ。

早くしないとジークが来てしまう。イベントが失敗してしまう。

「な、何をしているの！　ほら、あなた、動物に頼めばいいでしょ？　リスとかリスとかリスとかに取ってきてって頼みなさいよ！」

カノンちゃんはハッと気が付いたようだった。

「そうでした！　ありがとうございます！」

真《ま》っ直《す》ぐな声で礼を言う。さすがのヒロインだ。

「礼には及ばなくてよっ！」

カノンちゃんの素直な言葉に思わずキュンとして、慌ててきつめの言葉を返した。私がカノンちゃんにキュンキュンしてどうするのだ。その上、意地悪したのにまた感謝されてしまうなんて、悪役令嬢として失格なのでは？

なんだか微妙な気分になり、私は足早にその場を立ち去った。カノンちゃんの目が届かないところまで行き、カノンちゃんを覗き見すべくウツギの木の茂みに逃げ込んだ。制服は白いウツギの花まみれだ。

カノンちゃんは困った顔をして、足もとにいたリスにお願いをした。リスはスルスルと木に登り書類を取ってくる。カノンちゃんが優しくリスを抱き上げてお礼を言えば、リスはカノンちゃんの頬に軽くキスをした。

「はぁぁぁぁ……うつくしい……まるで宗教画……」

すると、仕事が終わった帰りがけのジークが校舎の中からカノンちゃんに駆け寄ってきた。きっと窓から様子を見かけ、美しさに目をひかれたに違いない。突然のジークの登場に小動物は蜘蛛《くも》の子を散らすように逃げていく。その様子に謝るジークと、手を振るカノンちゃん。ここまではシナリオ通りである。

しかし、ここで風が吹いてカノンちゃんの髪に付いた木の葉をジークがとってあげるシーンがあったはずだ。だが風力ゼロな本日。またしても私は小さな風を起こすことにした。手の平に手近な木の葉を集め、ふっと息を吹きかける。

風によって翻《ひるがえ》る二人のケープ。息に乗った木の葉が舞って、カノンちゃんの髪に絡まった。桃色の髪に若々しい緑の葉が映える。それをジークが外してあげる。ニコニコと仲睦《むつ》まじく語らう二人はスチル通りで、まるで天使である。

リンゴーンと学園の鐘が礼拝堂のそれのごとく鳴り響いた。二人を祝福するところまでゲームと一緒だ。白い羽根の特殊効果まで見える。今まさにここは天界だ。

「尊い……」

私はゲーム以上の美しさに両手を合わせてため息をついた。

「なにが尊いのですか？」

「あの二人の姿よ。見て？　神々《こうごう》しいでしょう？」

背中からの声に嬉々《きき》として答える。

「……そうですか？」

気のない返事にムッとして振り返る。この尊さがわからないとは！

眼鏡越しの瞳とかち合う。目の前の光景に夢中で気が付かなかった。攻略対象者の一人、タクト先生だ。歴史学の教師である。思わずヒッと声を上げた。

丁寧に整えられたダークグレーの髪と、揃《そろ》いの灰色の瞳。銀ブチのアンダーリムメガネが、眼鏡好き女子に大人気だった。

主人公とひとまわりも違う年齢で、落ち着きがあり知的な彼は、教師と生徒の禁断の恋だとか、年齢差カップルが好きな人たちの心をとらえたのだ。

タクトルートの場合、孤立しているカノンちゃんが、一人動物と話しているのを見て、タクト先生の知的好奇心が刺激される。最初は、研究対象として個人授業という名の観察を始めるのだが、カノンちゃんの素直でひたむきな姿や、誰にでも優しく話しやすい人柄から知らず知らずのうちに恋に落ちるのだ。

　このルートはカノンちゃんが自分のステータスを上げて、タクト先生との親密度を上げさえすれば、一年の学年度末に王宮へ異動が決定したタクト先生から告白されハッピーエンド。学年度末の舞踏会にはタクト先生がエスコートしてくれるのだ。

　――ああ、あのスチルも美しかった。

　ただ、勉強をサボったり、動物に優しくしなかったりすると、相手にされない。親密度を上げすぎると、学年の途中で学園にバレてタクト先生は学園を追放される。どのみち、アリアはシナリオ的に関係がないと思っていたのだが、どうしたのだろう。

「アリア・ドゥーエ・ヴォルテ嬢ですね？　公爵令嬢ともあろう方が、こんなところで何をしているのですか？」

　不審をあらわにした声だった。私は慌てて立ち上がり、まごまごと言い訳をする。

「いいえ、なにも、何もしておりません！」

「尊いとは？」

「いいえ！　聞き間違いです。そんなこと言っておりません」

「確かにそう聞こえたのですが……。しかし、風を起こしたのはアリア嬢ですね？」

「な、なんのことかしらぁ？」

　声が裏返る。犯行現場をタクト先生に押さえられてしまった。しかし認めるわけにはいかない。

「こんな穏やかな日に突然の突風、不自然だと思いませんか？」

ダラダラと冷や汗を流しながら目をそらす。

「そんな日もたまにはあるかもしれませんわ？　きっと、たぶん、……絶対」

タクト先生はジッと私を見つめた。

「絶対？」

「絶対」

コクコクと頷《うなず》く。シナリオは絶対なのだ。風がなくても風は吹かなくてはならない。

タクト先生は憐憫《れんびん》の目で私を見たが、私は気が付かないふりをした。

「では私は失礼いたします」

頭を下げ、去ろうとすると声が追って来た。

「制服に花びらが付いていますよ」

その声に立ち止まり、私は制服にエアシャワーの風を巻き起こした。

「ご心配には及びませんわ」

先生は驚いたように私を見る。

「……アリアさん、貴女《あなた》は図書館の空中庭園によく来ていますね？　これは貴女のものでしょう」

そう言うと、小さなメモを差し出した。

「!!」

私は顔を青くした。ワグナー王国の文字を写したものだったからだ。

「貴女の字ですね？」

確信に満ちた声に息を飲む。私は渋々と頷いた。仕方がない、怒られよう。覚悟を決めた。しかし、返ってきた言葉は意外なものだった。

「意味がわかりますか」

面接試験のようだ。

「星は過去の光……でしょうか？」

「そうです、正しくは《星影は古《いにしえ》より来《きた》る光》です」

無表情のままタクト先生は滑らかに答えた。すごい！

私は尊敬の眼差《まなざ》しで先生を見つめ返した。

「先生は」

「読めます」

「発音は」

「だいたいはわかります」

思わず食いついてしまった。いけない。いけない。

「特に珍しいことではありません。歴史を学ぶものは通る道です」

「そうなのですね、学園には授業がないようなので」

「大学部にはありますが、特に子女には学ばせません」

意図的に学ばせていないとハッキリと言いきられて、しゅんとした。やっぱり、女が学ぶのはダメなのだ。

「独学ですか」

「はい」

「学びたいのですね」

「はい」

「ならば、時間が空くときだけですが、指導をしましょう」

「えっ、でも」

「非公式なので他言無用です」

「先生のお時間をいただく訳にはまいりませんわ」

「代わりに空中庭園の花を貴女の風で揺らして欲しいのです。私の憶測ですが、貴女が風を通してくれるお陰で、最近草木の調子が良い」

そんなことがあるのだろうか。私にはわからなかった。ただ、香りの良い草木が多かったから、楽しくて揺らしていただけなのに。よくわからないけれど、そんなことでワグナー語を教えてくれるならありがたかった。

「ぜひ、お願いいたします」

本来なら関わってはいけないと思う。でも、こちとら未来がかかっているのだ。言葉の通じないケダモノ（？）の中に嫁ぐのは嫌すぎる‼　せめて対話の手段が欲しい！

私が頭を下げると、タクト先生は満足げに頷いた。


♪


タクト先生にワグナー語を教わり始めて二週間目のある日のこと。待ち合わせ場所の歴史学準備室へ向かえば、入り口から見慣れない男子が飛び出してきた。

「っ！」

驚いて硬直する。すると彼は、まるで猫みたいにヒラリと身をかわした。

「失礼！」

ニヤリと笑う吊り上がった目は大きくて、オレンジがかった瞳がキラキラと光っていた。明るい茶色の髪のサイドには黒いメッシュが入っている。

呆然として言葉を失えば、大きな瞳が覗き込んできた。不躾《ぶしつけ》である。

「大丈夫？」

「あ、はい。大丈夫ですわ」

取り繕うように答えると、彼は小さく噴き出した。

「アリア・ドゥーエ・ヴォルテ、だね。噂の氷の令嬢」

失礼な物言いにムッとする。この国にアリアを知っていてこのような態度に出る者はいないのだ。何しろアリアは宰相家の娘であり、公爵令嬢、そして王太子の婚約者なのだから。

「その通りですが、あなたは？」

「オレ？　クーラント・サルスエラ。二年。遊学中なんだ」

「サルスエラ先輩？」

「ああ、いいよ。クーラントで。俺の国ではそういう堅苦しいのは抜きだから。いや、ここではこのやり方に従った方がいいかな？　アリア嬢」

試すような顔で笑われる。

グローリア王国の令嬢としては無礼を咎めるのが正解だ。しかし、外交のマナーから考えれば、他国の流儀を非難することは正しいとは言えない。しかも私は彼の身分を知らなかった。間違いがあってはならない。

判断に困っていると、歴史学準備室のドアが開いた。

「クーラントくん、君は早く行きなさい」

タクト先生の追い返すような声に、笑いながら身を翻して駆けていく先輩。

中から姿を現したタクト先生は小さくため息をついた。

「先ほどの方は……」

「ああ、彼はとある国の商家の子弟で私が担当教員として指導しています。少し不躾なところがありますが、文化の差と大目に見ていただければ」

「そうなのですか」

それならば、あの態度にも納得できた。

「アリアさん、こちらへどうぞ」

タクト先生に招かれて準備室の中に入った。

チラリと窓から外を見れば、ジークとカノンちゃんが木陰で寄り添っているのが見えた。カノンちゃんの手には小鳥が止まっている。小鳥の喉元をカノンちゃんがくすぐり、ジークがそれを物珍しそうに眺めている。

思いもよらぬタイミングで見てしまった二人の仲睦まじい様子に息が止まる。見てはいけないものを見てしまったようで気まずくなり、サッと目を逸《そ》らす。いつものように観察する気にはなれなかった。ジークの幸せを願うなら、順調に進む二人の仲を喜ぶべきなのに、なぜだか胸が少しだけ痛む。

タクト先生はそんな私を見て、不思議そうな顔をした。

「窓の外がどうかしましたか？」

そう言って窓の外を見る。

「最近、二人でいるとこをよく見かけますね」

「ええ、アマービレさんは特別な方です。殿下にも良い刺激になるのでしょう」

私は二人から目を逸らしたまま答えた。少し硬い声だったのかもしれない。タクト先生は困ったように笑った。

「落ち込んでいるように見えますが？」

「いえ……。そんなことは……」

ごまかすように笑った。

「面白いものがあるのです」

そういって、タクト先生はごそごそと資料室の棚の中から何かを探し始めた。二人の仲のよい姿を見て、落ち込んでしまった私を慰めようとしてくれているのかもしれない。

タクト先生の勉強はあまり勉強らしくなく、まるでオタクのおしゃべりに近い。

たまに先生の琴線に触れる内容があれば、資料室をひっくり返して雑学談義になったりもするのだ。だから、純粋に語学といえるかというとはなはだ疑問だが、ものすごく勉強になる。それがとてもオタクっぽくて、私は楽しかった。

タクト先生は、やはり博識なのだ。

その上、私のプライベートの話を聞かなかったのがとても居心地がよかった。学園内にいるとどうしても、麗しい婚約者の話が多くなってしまう。当然、カノンちゃんとジークの噂を聞かされることも多い。その度に私は二人をフォローしなければならず、少々疲弊していた。

しかし、先生は知っているはずなのに踏み込まない。この距離感が、趣味では熱く語りあっても本名すら聞こうとしない、まさにオタクっぽい心地よさ。

探し物の終わった先生がやってきた。テーブルの上の本を脇にずらし、真四角の板を真ん中に置いた。古いもののようだった。

深い青の板が滑らかな木目の板に挟まれていて、中央には金色のビスが止まっている。半円だけ見える深い青の板には、精巧な絵が描かれている。木目の木地には月と太陽が彫られていて、金と銀の箔《はく》がついていた。その周りに描かれた文字はワグナー語の飾り文字のようだ。まるで、工芸品のような美しさに目を奪われる。

「こうすると動きます」

先生は、脇にある溝に指を入れ、中の青い板を回した。

「まぁ……」

「これは星座板です。《星影は古より来る光》とは、ワグナー王国の星物語の一部なのです」

「彼の国にも星物語があるのですね」

「ええ。こちらの国とは少しお話が違いますが」

「同じ星を見ているのに不思議ですね」

「そうですね。触ってみますか？」

「はい！」

重厚な星座板は、きっと美術品として作られたのだろう。それでも、たくさんの人に触れられたのか、感触は滑らかだ。私は疑問に思っていたことを口にしてみる。

「こんなに素晴らしいお話や、繊細な道具を作り出す人たちなのに、なぜこの国ではケダモノのように言われているのでしょう？　言われているイメージと、私の感じるイメージがずいぶん違うのが不思議です」

感想を言えばタクト先生は難しい顔をした。

「なぜなら、ワグナー王国は獣と人との混血者が始祖とされているからです」

私は息を飲んだ。前世のファンタジーの中では獣人がいた。しかしこの世界にはそういった概念はない。少なくとも、グローリア王国にはない。ゲームの設定にも獣人はいなかった。

「ワグナーの人はそのため、身体能力が極めて高いことが特徴です。オオカミや大型の肉食獣を祖に持つワグナー兵士は、瞬発力や筋力においてグローリア兵士の比ではありません。しかし、逆にワグナーは魔力を持たない」

「魔力を……」

「グローリアでも魔力を持った庶民は多くありませんね。ワグナーもそうです。庶民の身体的な能力は貴族に比べれば低い。やはり血が薄まるのでしょう」

「だからといって、どうしてそこまで批判的にとらえられているかわかりません。特色が違うだけでしょう？」

「ええ。そうです。特色が違うだけ、ですが。人は知らないものを恐れるのですよ。そして一度恐れを感じると目をそらすものです」

タクト先生は悲しげに微笑んだ。

「そんな……酷い」

思わず言葉を失う。

「酷くはないですよ。自衛本能として当然です。あなたも一度目の当たりにすれば同じ反応をするでしょう」

「そんなことはありません。私は知りたいです。何が怖いのかその理由を知っていたほうが安心できると思うのです」

きっぱりと答え、タクト先生を見つめた。

タクト先生は、苦々しく眉をひそめた。

「では、正論を振りかざす勇気あるご令嬢に現実を教えて差し上げましょう」

パチン。先生が指を鳴らす。窓のカーテンが音を立てて閉まった。準備室に薄闇が落ちる。

タクト先生は不敵に笑うと、ゆっくりと眼鏡を取った。カーテンから漏《も》れた薄い光が教室の中のほこりをキラキラと反射させる。先生はギラギラと光る金と銀の瞳で不愉快そうに私を見た。薄暗い中で、少しだけ瞳孔が開いて見える気がした。グローリアの人間とは明らかに違う力強い瞳。

眼鏡越しでは全くわからなかった。この国では珍しいオッドアイだ。あまりの綺麗さに息を飲む。

綺麗すぎて怖いのに、目が離せない。

「……太陽と月だわ……」

思わず声になっていて、口を押さえた。先生は驚いて私を見た。大きく見開いた目と目が合う。やっぱり、綺麗だ。

「貴女は……私が怖くないのですか？」

戸惑うような顔。震えそうな声。何かに怯《おび》えている。そんな風だ。

「綺麗すぎて怖いです」

ため息交じりに答えれば、タクト先生は毒気を抜かれたように笑った。

「秘密にされていますが、私はグローリアとワグナーの混血です。母方にワグナーの血が混ざっているのです。私はグローリアの血よりもワグナーの血が強く出てしまいました。そしてこの目はワグナーの血がなければ出ないオッドアイ。グローリア王国では『戦乱を呼ぶ瞳』として忌《い》み嫌われるものです」

「だから眼鏡を？」

タクト先生は頷いて、眼鏡をかけ直した。眼鏡越しに見ると、瞳の色は髪と同じ落ち着いたグレーだ。きっとそういう魔法か何かがかかっていたのだろう。そんな魔法の存在を今まで知らなかったが、先生ほど博識ならきっとできるに違いない。

そのとき学園のチャイムが鳴り響いた。もう下校の時間である。

タクト先生がもう一度指を鳴らすと、準備室のカーテンが開いた。先生は壁にある時計を見た。

「もう時間ですね」

私もつられて時間を確認する。もう下校の時間だ。私は立ち上がり、礼をした。

「ありがとうございました」

「下まで送りましょう」

先生の意外な申し出に驚いてしまう。

「いえ、一人でも大丈夫です」

「私も下に行く用事があるのです」

そう言われれば固辞する理由などない。

「では、お願いします」

答えれば満足げに頷く。そして、真面目《まじめ》な顔で私を見た。

「このことは秘密なのです。グローリアの教師としては相応しくないと言われてしまいますから。黙っていていただけますか？」

「も、もちろんです」

真剣な目にタジタジと答えれば、タクト先生は安心したかのように笑った。

「二人だけの秘密ですね」

乙女ゲーム特有の『ただしイケメンに限る』セリフで思わず顔が赤くなる。こんなに格好いいキャラに迫られるカノンちゃんはなんて幸せ者なのだろう。しかも、先生は簡単なルートの攻略対象者なのだというから恐ろしい。

私はただ俯いて先生の横を歩くしかなかった。

♪

夏が近づいてくる。学園内の木々も緑を深くし、だんだんと強さを増してくる太陽の光を喜んでいるようだ。

一学期末の舞踏会まであと一か月だ。社交界デビューが早かったジークや私以外の同級生たちにとっては、初めての舞踏会になる。皆、舞踏会に向けて準備を始めたようだ。学園内全体が活気を帯びウキウキとした雰囲気に包まれている。

そんな華やかな空気の中、私は日々、ワグナー語の勉強と、ジークとカノンちゃんの観察にいそしんでいた。ジークとカノンちゃんは同じクラスになったことで関わる機会が増え、ゆっくりとではあるけれど距離が縮まりつつあるはずだ。なぜなら、王道ルートの場合、一学期末の舞踏会ではジークがカノンちゃんをエスコートすることになっているからだ。私の見ていないところで、きっと愛を育《はぐく》んでいるに違いない。

余談だが、ゲームではそれを知ったアリアが嫉妬して、嫌がらせをエスカレートさせるのだ。さすがにそんなことをする予定はない。

さて、ここはヴォルテ公爵家の中庭である。

そして、私の正面に座るのはジークフリート・アドゥ・リビトゥム王太子殿下。

その右隣に同じように腰をかけるのは、彼の従者ラルゴである。

中庭の零れ日が、ジークの髪に降り注いで光り輝く。少し癖のある髪は、柔らかな昼下がりの光そのものだ。愁《うれ》いを帯びた瞳は、いつもの刺すような輝きは損なわれ、翡翠《ひすい》のように光度を落としている。それさえも美しい。

隣に控えるラルゴは、ジークのそんなありさまを見て、少し呆れたような顔をしている。漆黒の髪はカラスの濡《ぬ》れ羽色《ばいろ》で、黒の中に様々な光が見え隠れしている。それは彼の隠された魅力と同じだ。黒目がちな瞳は、黒真珠のような優しい光でジークを包み込む。

——はう！　眩しい。中庭に案内して大正解だったわ！　愁いを帯びたジーク。そしてそれを案じて寄り添うラルゴ。そんな二人を中庭に差し込む光がスポットライトのように照らし出している！　尊い……。はっ、絵師、絵師、絵師を呼んでおけばよかった!!　悔やまれる。

ではない。私。落ち着け私。この愁いを帯びたジークの様子から、多分、あまり良くない話だ。

実は最近、カノンちゃんに対するイジメが始まってしまった。ゲームでは、イジメているのは私と私の取り巻きだけだったはずだ。だから、私は取り巻きを作るようなことはしていないし、もちろんイジメを命じていなかった。目指すのはドナドナエンド、推しのハピエンなのだ。御成敗になっては困る。

しかし、イジメは始まってしまった。これがいわゆるゲーム補正なのだろう。

こうなったら、大人が介入してほしいと思うのだが、学園の先生というのは学生時代にイジメられることなどない身分の高い人が多いものだから、イジメの対処方法が的外れなこともある。ゲームのシナリオ通りに、先生がカノンちゃんは王国で保護されている特別な人間だとホームルームで通告し、だから、ジークがフォローするとしたのだ。

お陰で彼女はさらに嫉妬の対象となり、イジメはかえって陰湿化し見えなくなることで悪化した。私はスチル回収はしたいけれど、イジメをしたいわけではないのだ。その状況を何とかしたいと、イジメをしそうなグループとは距離を取っているせいで、私自身も孤立ぎみ。これは致し方ないと思っている。ボッチ慣れてるし。

そういう事情もあって、ジークとラルゴはカノンちゃんとたまにランチをして様子を見ているようだった。ゲーム的には順調に進んでいるということだ。それに伴って、周りの私の心証も悪くなっているわけで。なんてったって悪役令嬢。間違いなく心当たりのないイジメの首謀者にされている。

チラリ、と正面に座る二人を見た。

いや、でも、めっちゃカッコイイ‼　悩みも吹っ飛ぶありがたさだ。拝みたい。いつもとは違う憂鬱そうな主を、見つめる従者……。なんて尊い。はぁ……いつまでも見ていたい……。

ジークは縋《すが》るような目で、ラルゴを見つめた。

――ひっ！　なにこれ！　何があったの？　二人の間に何があったの⁇

ラルゴは、無表情で頭を振った。拒絶の合図だ。目で語り合うなんて、さすがの主従である。

――二人がセットでいてくれたら、私なんにでも耐えられる！　悪役令嬢でも何でもいい！

「アリア……」

ジークの戸惑いがちな声が響いて、現実に引き戻された。

「……はい」

私も緊張して答える。

「やはり、ラルゴから」

「なりません、殿下」

ピシャリと撥《は》ね付けるラルゴ。項垂《うなだ》れるジークがかわいい。いつもの政務用の冷静さが鳴りを潜め感情豊かですらある。ゲーム上のジークはもっと王子様感が半端ない感じだったはずだが、あれはヒロインには良いとこ見せたい的なものだったのか。ラルゴの前では地が出てしまうということか。

ジークは覚悟を決めたようにため息を深くついた。

「アリア、落ち着いて聞いてほしい」

ギクリ、体が強張《こわば》る。もう振られてしまうのだろうか。展開が早くなっている気がする。いや、傷は浅いほうが良いのかも。ジークとは婚約者とは名ばかりで、社交の場でこそエスコートをされてはいるが、恋人らしい関係ではなかったのだ。

確か、ゲームで振られるのは一年の三学期。どのルートになったとしても、学年度の終わりの舞踏会に合わせてゲームは終了するはずだ。ハピエンならその舞踏会で、カノンちゃんのお相手のお披露目があるからだ。

進行が早まっているなら仕方がない。そもそも私は円滑に婚約破棄されたいのだ。早ければ早いほど傷は浅く済むだろう。

今までのスチルを良い思い出に、残りの人生を生きていこう。まだ、ワグナー語はよくわからないけれど、ドナドナエンド頑張ろう。

「なんでしょう」

努めて平静に答える。

「相談が……いや、お願いがある」

答えれば、ジークは気まずそうに目線をそらした。これは、覚悟を決めなければ。

「何なりと」

「とても言いにくいことなんだが」

そう言ってジークは黙りこんだ。

――ジークは優しいなぁ。自分の好きな子をイジメてるかもしれない女に気を使って。

だったら、私が嫌な役を引き受けてあげよう。重責を負うジークが、少しでも楽になれるように。

去るべき私にはそれくらいしかできない。

「気になさらないでください。私は承知しております」

笑顔をつくって見せる。心配かけてはいけない。少しでもいい思い出として残りたい。恋人としては無理だったかもしれないが、大切な幼馴染で、友人としてありたい。それすらも、悪役令嬢では無理なのだろうか。

「誰かから聞いたのか？」

「いえ、聞かなくても察しがつきます」

「では」

「ええ。好きな方ができたのなら、婚約はなかったことにいたしましょう」

そう一気に言い切れば、ジークは顔を真っ青《まさお》にした。

「な、な」

こんなにジークが驚いた顔は初めて見た。もしかして、公爵家の方を心配しているのだろうか。国を担う人だから、心配事も多くて大変だ。しかし、お父さまにはすでに婚約破棄されるかもしれないことは話してあった。お父さまはその話を聞いて、家のことは心配するなと言ってくれたのだ。お兄さまは喜びすらした。

「私の家から異存はありませんので、ご心配は不要です。もともと政略的な婚約でしたもの」

安心させるようにもう一度笑顔を作る。

私は隣にいられなくても、ジークとラルゴさえ一緒にいてくれれば生きていけるから、腐女子で良かったとしみじみ思う。

「違う!!」

いきなり怒鳴られてビックリした。ゲームで見るジークは主人公に対して怒ったりしなかったからだ。そうか、私は主人公じゃないのだ。そんなことに一人傷ついて、ションボリとする。

「婚約破棄はしない！」

「は？　でも」

「ラルゴ！　笑うな!!」

見れば、微《かす》かだがラルゴの唇が綻《ほころ》んでいる。

「まったく、君は……」

呆れたようにため息をつくから、首をかしげた。

「いや、きちんと話をしようとしなかった僕がいけない。君にはシッカリとわかってほしい。少し話を聞いてくれ」

ジークは不機嫌そうにそう言った。そして、スゥと息を吐き、感情を悟らせない穏やかな微笑みを作った。政務用の表情である。私とラルゴと一緒の時にだけに見せる、感情豊かなジークはもうそこにはいない。

もう、プライベート用の顔では話してもらえないんだな。チクリと胸が痛む。

「僕からの話は二点。一つは決定事項の連絡、もう一つは相談とお願いだ」

「はい」

ゴクリと私は息を飲んだ。

「まず一つ目の、不本意で不愉快極まりない決定事項」

ジークは無機質な表情で紅茶を一口飲む。その様子も美しい。隣に座ったラルゴは、相変わらず優しい瞳で微笑んでいる。

「君も聞いただろう。カノン嬢はグローリア王国の保護下にあると明言された」

「ええ、カノン嬢には心強いでしょう」

そう答えれば、ジークは何かを探るようにマジマジと私の顔を見た。イジメ首謀者だと思われているのだ。不審がられても仕方がない。

「そのため学期末の舞踏会のエスコートを僕がする破目になった。期末の舞踏会は学年だけの非公式のパーティー、いわば練習だ。だから、僕がカノン嬢のエスコートをしても問題ないだろうというのが学園側の言い分だ」

どの辺が不本意なんだかいまいち不明だ。練習用のパーティーであれ、形式に則《のっと》るべき、そういう感じだろうか？

それとも、カノンちゃんのマナーに心配があるのだろうか。もしくは、まだカノンちゃんが好きだという自覚がない？　あれだけイベントをこなしているのに、どういうことなのだろう。さすが難攻不落といわれた王道ルートである。ジークのガードは固いらしい。

「そうですか、承知いたしました」

ゲームの進行上そうなることはわかっていた。別段驚くことでもない。

「承知してくれるのか？」

「ええ。非公式の場ですし……」

王太子が断れなかったものだ。私が断れるはずもない。しかし、私のエスコートは誰に頼もう。私は王太子の婚約者であるため、同級生の男子と親しくしてこなかった。困ったな、なんて思っているそのとき。

「アリア様のご迷惑でなければ、私にエスコートをさせていただけませんか？」

「本当？　ラルゴ、嬉しいわ！」

ラルゴの申し出に私はホッとする。正直助かった。

「ラルゴがエスコート？　不釣り合いじゃないか」

ジークは不満そうに眉を吊り上げた。自分の従者がとられるのが悔しいのだろう。

――でも、ジーク、ごめん、ラルゴを一瞬だけ貸してください！　私今から相手探すとか困るので。

イジメ首謀者とかみんな嫌だから、きっと。

「ラルゴがエスコートしてくれるなら、私はとても安心です。今から他の方と親交を深めるとなると少し難しいと思いますから。ジーク、お願いです、ラルゴを少しお貸しください」

そう言って頭を下げれば、ジークはウッと言葉を詰まらせた。

「……他の男と親交か……確かに、それよりはマシか……いや、でも」

小声で何か言っているのを、ラルゴが静かに微笑んで見ている。

私は生ぬるい目で、「主、心配しなくても、私の心は主のものですよ」と勝手にラルゴのセリフをアテレコする。

すると、ジークが軽く咳払いをした。そうして、改まった顔を作る。

「もう一つ、相談とお願いなのだが。君にドレスを見繕ってほしい」

「ドレス？　ですか？」

「ああ」

ジークはそう言うと、感情もなく話をつづけた。

「カノン嬢のドレスを王国として用意することになった」

確かに、一般庶民がこの学園の舞踏会のためのドレスを用意するのは難しいかもしれない。

かといって、彼女ほど注目されていては欠席するわけにもいかないし、国の保護下にあるのならば下手なことをして恥をかかせるべきではないだろう。

「同級生でもあり彼女をよく知る者として、僕がドレスを選ばなければならなくなってしまった。だから、一緒に選んでほしい」

ジークは私を見つめて言った。真剣な目つきだ。初めの頃の沈んだ瞳とは違う、眩しい光が私を射る。

なにか試されているのだろうか？　それとも謀《はか》られているのか？

「カノン嬢とお選びになったらよいかと」

「駄目だ。今、僕と彼女が一緒に出かけることは、彼女へ対する不満をあおる結果になる」

食い気味に否定される。すでに、「ジークフリート王太子殿下はカノン嬢に熱を上げている」なんて尾ひれのついた噂が流れ、二人に対する目は厳しいのだ。

「確かにそうかもしれませんね」

「それに、国として保護をしている人物にどれだけのことをしてやれるか、僕の力も試されているのだと思う。君は彼女と背丈も一緒だし、審美眼にも定評がある」

そう言ってジークは私の手を握った。

「お願いだ。僕に力を貸してくれ」

真剣な顔で懇願されて、困ってしまう。意図がわからない。ライバルの勝負服を選べだなんて、嫌がらせか、はたまた策略か？　どのみち、断れる状況にはない……気がする。

「わかりました。どんなものをお望みですか？　私の仕立屋を紹介すればよいのでしょうか？」

「いや、保護下にあるとはいえ、贅沢《ぜいたく》をさせるつもりはないらしい。学期末の舞踏会は準礼装だそうだから、既製品のイブニングドレスで十分との見解だ」

「では、店にあるドレスの中から選べばよい、ということでしょうか？　だったらすぐに、いつも使っているメゾンを呼びます。選んだものを王宮へ届けさせますか？　カノン嬢の自宅でしょうか？ドレスを体に合わせて直させる必要がありますよね？」

「僕と、見に行く」

唐突に言いだした言葉に耳を疑った。

「は？」

「僕と一緒に見に行ってくれ、アリア」

握っていた手をさらにギュッと強く握り締められ、あまりの力強さに驚く。

「表向きには、僕が選び用意したことになってしまう」

不本意そうに呟いた。

「……誤解されたくない」

ちょっと頭が混乱してきた。どういうことだろう？

私はラルゴに助けを求めて視線を送る。ラルゴが困ったように笑った。

「殿下は、カノン嬢にご自身がドレスを贈る破目になり困っておいでです。是非、アリア様のお力を貸して差し上げてください」

要は、男なのに女のドレスを選ばなければならず、しかも注目度の高い子のため王太子として失敗するわけにはいかない。そこで、最終的に失敗した場合『アリアが選びました』ということにするためのアリバイとして一緒に店頭に行くということか。

――オーケー、オーケー、理解した。って！

それはそれでさすがに酷い。当て馬とはこんなに都合よく使われるものなのだろうか。

私は小さくため息をついた。

まぁ、でもいいか。そもそも当て馬なのである。ならば立派に当て馬を演じるまでだ。私の選んだドレスでヒロインの新規スチルをゲットできるなんて、ファンとしては夢のような話ではないか。

それに、ジークとラルゴと三人で街へ出かけるのは久しぶりだった。もしかしたら、この三人で出かけるのは最後になるかもしれない。ワグナー王国へ送られる前に想い出を作る貴重なチャンスだとも思えた。

「承知しました。ではご都合の良い日をご連絡ください」

こうなったら新規スチルを網膜に刻み付けてやる！　私はそう決意した。

♪

ヴォルテ公爵家のエントランスに、王家のリムジンが横付けされた。といっても、街乗り用の控えめなサイズのリムジンだ。

ジークもラルゴも軽装で爽やかだ。制服以外の格好の二人を見たのは久々だったので心が躍る。私も今日は軽装だった。それでも、おろしたてのワンピースで気持ちはワクワクしている。

なんと言っても、見た目はアリアなのだ。オシャレをするかいがある。

実は以前からアリア（自分だけど）に着せてみたかったワンピースを用意していたのだ。ゲームの中では、クラシックで古めかしい感じだったが、これだけ綺麗なのだ（自分だけど）。いろいろなオシャレをさせてみたいじゃないですか！

そんなわけで、最先端のメゾンに頼んでアール・ヌーヴォー風のワンピースを作ってもらった。すとんとしたデザインで、少し短めの丈。モダンな感じがクールな見た目のアリアに似合っていると思う。

いつもの格好に比べると少し心もとないが、初夏の街歩きに相応しい軽やかなもので、苦しいコルセットはないのだ！　素晴らしい。

紫の造花の薔薇《ばら》を髪にかざる。紫の薔薇はジークと私との大切な思い出の花なのだ。

――金ならいくらでもある。悪役令嬢舐《な》めんな。金と人を使うのが貴族の仕事だうえぃ！　スイマセン調子乗りました。

前世の私は、鏡が怖くて目をそらしていたのだ。もちろんオシャレどころではなく、そんなお金があったら推しに使っていた。ただ、オシャレが嫌いなわけではなかったのだ。素材が悪かった。だから、ドールの着せ替えなどには、潤沢な資金を提供していた。推しに着せてみたいものを想像するのも大好きだった。しかも、今日は、あのカノンちゃんに似合うドレスを探すのだ。しかもリアルで！これは楽しい！　ゲームの仕様上仕方がないのだろうが、あまり凝《こ》った衣装はなかった気がする。最後の舞踏会ですらカノンちゃんのドレスは淡いピンクの無地だったのだ。

だから綺麗に飾り立てたい。カノンちゃんはアリアとは違う可愛らしいタイプだから、キュートなドレスも選びたい放題だ！

ご機嫌で車に乗り込めば、ラルゴが眩しそうに眼を細めた。

「とてもよくお似合いです。アリア様」

ラルゴはそう褒めてくれた。

「少し露出が多い」

ジークは不愉快そうに顔をしかめる。

「だって、二人と一緒なんですもの、これくらいいいでしょう？」

こんなイケメン二人を連れて歩けるのだ。気合が入って当たり前だ。ラルゴは微笑んで、ジークは俯いた。

「ラルゴは助手席でいいだろう」

「久しぶりですし、せっかくだから三人一緒の方が嬉しいですわ」

間髪入れず私が答える。

主従が車で隣り合っている姿、見たいじゃありません？　帰りに疲れたジークがラルゴに寄りかかって寝ちゃうとか、ありえませんか？

「アリアはラルゴばっかり」

「ジークほどではありません」

軽口を叩きあえば、まるで昔に戻ったみたいだった。恋人じゃなくても、こうやって一緒にいられたら私はそれで満足だ。

結局、ジークとラルゴが隣り合い、私が向かい合う形になった。これは昔からのポジションでもある。眼福、眼福。

「そのコサージュは薔薇？」

髪を飾る紫の花を見てジークが問う。ジークも気が付いたのだ。

「ええ。紫の薔薇です」

ジークは満足げに微笑んだ。

「子供の頃を思い出すね」

「王宮の温室ですね？　花の少ない季節だったのに、ジークが一生懸命に咲かせてくださいました。掌の中で蕾《つぼみ》が淡く光って開きながら紫に染まっていく様子はとても美しくて今でも忘れられません」

「初めての薔薇は君にあげたかったんだ」

「あれはジークが初めて咲かせた薔薇でしたの？」

「初めてだよ」

「嬉しいわ」

「全部君が初めての女の子だよ」

キョトンとジークを見返す。

「初めて手を繋いだのも、初めてダンスを踊ったのも」

「私もです、ジーク」

小さなころの思い出をジークも大切にしてくれているのかもしれない。そう思うと胸が満たされた。

私が懇意にしているメゾンに到着すると、すでにマダムが待っていてくれた。

華やかなお店には、最新のデザインのドレスがたくさん並んでいる。ここは公爵家御用達《ごようたし》であり、品質は折り紙つきだ。何を選んでも恥をかくようなことはない。

「いらっしゃいませ、アリア様」

「今日はプレゼント用なの」

「ごゆっくりご覧ください」

要件を言えば、マダムのゆったりとした微笑みが返って来た。

「ジークはカノン嬢にどんなドレスを着てもらいたいのかしら？」

「なんで僕の好みを聞くんだ」

「だって、ジークがエスコートするんでしょう？　色を合わせたいとか、あるでしょう？」

「別に」

別に、って協力する気ゼロですかそうですか。

あまりドレスに興味はないのかもしれない。いつもセンスの良いプレゼントをくれるから、ファッションに興味があるのかと思っていたけれど、ジークが選んでいるわけではなかったのかもしれない。

私はジークのプレゼントに合わせてドレスを誂《あつら》えたりしていたが、独り相撲だったようだ。

ラルゴを見れば肩をすくめた。そうだ、ラルゴはどうなのだろう。『両手に花』ルートならラルゴもカノンちゃんに思いを寄せているはずだ。だったら、ラルゴが喜ぶ姿にしてあげるのもいいかもしれない。

「ラルゴは？」

「はい？」

「ラルゴはカノン嬢にどういうドレスを着てもらいたいかしら？」

「なぜ私に？」

「よく一緒にランチをしているでしょう？」

「ご覧になっていたのですか？」

「ええ」

答えれば、ラルゴは無表情で私を見つめた。しっとりした黒い瞳がとても綺麗で、何を考えているのかわからない。私は思わず首をかしげた。

するとラルゴは息を小さく吐いて、困ったように笑った。

「特別な意味はないですよ」

「そうなの？」

照れているだけ？　本心が読み取れなくて、じっとラルゴの瞳を覗いた。ふと視線を感じてジークを見れば、ジークはラルゴを睨《にら》んでいる。

――ん？　ジークが睨んでいる？　ジークの前では言えないって感じなの？　かな？　おおぅ！

いまいち、自分の腐妄想が暴走して、現状把握にフィルターがかかっている気がする。ちっとも、カノンちゃんのルートが絞り切れない。困ったものだ。

「それよりアリア！　このドレスはどう？」

ジークが私とラルゴの間に割って入った。指さされたドレスは、最新モデルの菫色のドレスである。あまり見かけない柔らかなマーメイドラインが新鮮だ。ふんだんに使われたビーズの刺繍が豪華に輝き確かに美しいものだが、どちらかと言えばアリア向きだ。カノンちゃんが着るには少し大人っぽい気がする。

「ジークはこのような形がお好みですか？」

「アリアに似合いそうだろう？」

ジークが微笑んだ。

「でも、カノン嬢にはもう少し可愛らしい方が……」

「それに、そのグローブと、そこの靴も用意してくれ。ネックレスは……」

ジークは私の言葉を遮って、嬉々としてマダムに指示を出す。マダムも嬉しそうにいそいそと準備を始めた。

これでは横道にそれてしまう。それでなくてもドレス選びには時間がかかるのだ。私は慌ててジークを窘めた。

「今日は私のドレスではなく、カノン嬢のドレス選びです！」

「……わかった、それではさっさと決めてしまおう」

ジークはつまらなそうに答える。

「カノン嬢は、ピンクの髪だったな。ドレスはピンクでいいだろう。ピンクのドレスを見せてくれ。背丈はアリアと同じくらいだ」

雑にジークが言えば、マダムはサイズの当てはまるピンク色のドレスを数着持ってきた。

「お若い方ならこちらなど……」

「アリアはどう思う？」

「似合うとは思いますが……」

「そうだな、ではそれで」

ジークは私の答えを聞くと、即決した。確かに、可愛らしいドレスである。カノンちゃんにも似合うだろう。ノーブルかつ可憐、文句のつけようがない。しかし、あまりにも関心がなさすぎる気もするのは気のせいだろうか。もう少し色々なものを見てみようとは思わないのだろうか。

「さて、仕事は終わったね。これで文句はないだろう？　ではアリア。さっきのドレスを着て見せて？」

ジークがニッコリと笑った。

「わ、私がですか？」

「その次は、この緑も着てみてほしいな。アリアはいつも紫ばかりだからね。たまには違う色のドレスを着たところも見てみたい」

「まぁ！　お目が高いですわ。このドレスは本物のエメラルドが使われておりますのよ。王太子殿下の瞳と同じ色ですわね。御髪《おぐし》の色に合わせるのであれば、こちらのゴールドなどもよろしいかと」

「うむ。では、ゴールドも見せてくれ。あわせるアクセサリーも見たい」

「さぁさぁ、アリア様、奥のお部屋に参りましょう？　たくさん着替えるものがございますからね」

マダムもニッコリと笑う。

「え？　あの？　今日は私のドレス選びでは……」

「細かいことはよろしいのですよ、アリア様」

マダムにそう微笑まれ、私は着替えるための部屋へグイグイと連れていかれた。


菫色のドレスに着替えジークの前に立つと、店内がシンと静まり返った。その空気に驚いて周囲を見わたす。するとジークは小さく息を吐いた。

「……とても、よく似合っている。アリア」

熱っぽい声にドギマギとして助けを求めるようにラルゴを見れば、ラルゴも静かに頷いて同意を示す。

「とても美しいと思います」

「この形を着こなされるとは、さすがアリア様ですわね」

マダムも満足そうに微笑んだ。

「やはりアクセサリーはアメジストだろうか？」

「バロック真珠も美しいかと」

「ああ、アリアの髪は真珠のように艶《つや》やかだからね」

ジークとマダムが盛り上がっている。あれよあれよという間にアクセサリーを付けられて、グルリと回るように指示される。言われるままに回って見せれば、店内にため息が満ちた。

「アリア様を見ていると、新しいドレスを作りたくなってしまいますわ！」

マダムが感嘆する。

「だろう？」

なぜだかジークが得意げだ。私は状況が飲み込めず戸惑う。

「あ、あの？」

「さぁ、次のドレスに着替えましょうか？」

再びマダムに連れられて奥の部屋に逆戻りだ。気が付けば私はたくさんのドレスを試着する破目になってしまった。

おかしい。今日はカノンちゃんのドレス選びだったはずなのに、私はいったい何をしているのだろう。すべての試着を終え、グッタリとしている私とは対照的に、ジークはご満悦である。

「少し疲れた顔をしているね」

「ええ。たくさん着替えましたから……」

「後の雑務はラルゴに任せて少し休憩しよう」

ジークはそう言って私の手を取り、残りの仕事をラルゴに押し付けた。

「ラルゴ、カノン嬢のアクセサリーの選定や、直しの日程調整など細かいことは任せた。僕たちは先に店に行っている」

「承知いたしました」

頭を下げるラルゴを置いて、はす向かいの店に連れていかれる。重厚な内装がまるで貴族のダイニングのようだ。

「お待ちしておりました。奥にお部屋を用意しております」

頭を下げたのは、以前王宮で見たことのある料理人だった。奥の個室に通される。マホガニー製の贅沢なソファーに驚いた。現代でいう高級レストランのようなものは、この世界では珍しく私も初めてだったのだ。

ジークにエスコートされソファーに腰かける。ジークは当然のように私の隣に座った。戸惑う私の顔をジークが覗き込む。

「何か頼もうか。ここでは好きなものが注文できるそうだよ」

「知らなかったです。珍しいお店ですね」

ジークに問う。

「貴族が休めるこういった店は少ないだろう？　王宮を引退した料理人が貴族のために最近作ったばかりなのだそうだ。せっかくアリアと街歩きができるのだからと、予約をしていたんだ」

さすがのジーク様である。こういった下準備も抜かりはない。それに比べて私はただついてきただけだ。

自分の無力さにションボリと肩を落とす。

「浮かない顔だね」

「……私、まったくジークのお役に立てませんでした……」

ジークに助けてほしいと言われたとき、私はとても嬉しかったのだ。なんでも一人でこなしてしまうジークに頼られたことが嬉しくて、できるだけ力になりたいと思ったのだが、実際は私が同伴しただけで、ほとんど選ぶような場面はなかった。本当にアリバイ要員だったのだ。

「そんなことはない」

「でも、ジーク、すぐに決められてしまいました。私は必要なかったのでは？」

「拗《す》ねているの？　アリア」

ジークが優しい声で尋ねる。私は言葉を詰まらせて俯いた。確かにそうなのかもしれない。ジークの力になれなかった自分が情けない。

「僕はいつもと違うアリアを見られて楽しかったよ。僕らはだいたいオーダーメイドだから、ドレスを一緒に選ぶなんてなかなかできないだろう？」

「……そうですけど……」

釈然としない私の左手に、ジークの右手が重なった。驚いてジークを見る。

「アリアは嫌だった？」

問われて慌てて頭を振る。

「そんなこと！　私も楽しかったです！」

スルリ、ジークの右手が手の甲を撫《な》でる。その手が指先に下りてきて、薬指に触れる。

「細い指だね。僕の小指より細い」

左手の薬指はこのゲームの世界でも特別だ。結婚指輪をする場所なのである。だからこそ、私はその意味に戸惑い、ジークを見た。緑の目が覗き込んでくる。卑怯《ひきょう》だ。イケメンは卑怯だ。恥ずかしくて顔が爆発しそうである。無理すぎる。

「ジーク……」

小さく呟けば、薬指を撫でていた手が離れ、ジークの長い指が私の指と指の間に入って下がってくる。その柔らかく微かな感触に、そこから溶けてしまいそうだ。

「なぁに？」

クスクスと笑うジークの余裕な声。

「お、お止めください」

「なんで？　婚約者でしょう？」

「でも」

「婚約を解消するなんて、冗談でも言わないで」

少し硬い声だった。

ジークの指が悪戯《いたずら》げに私の指の間を行き来する。ゾワゾワとした感触があまりに甘美で、まともに思考が働かない。

「ね？　約束」

ギュッと手の指と指を絡められる。

「……はい……」

俯くのが精いっぱいで、ようやく答える。そもそも冗談で言ったりはしないけれど。

下から覗き込まれて、ジークの香りがそっと近づく。鼻と鼻が触れてしまいそうな近さに、思わず小さく悲鳴を上げて慌ててのけ反る。

その令嬢らしからぬ慌てた様子に、ジークは可笑《おか》しそうに笑った。

「どうしたの？」

余裕の微笑みはさすがのジーク様である。

「ち、ち、近すぎ……では？」

「婚約者なんだから、恋人より近くて当然なんだよ、アリア」

意味がわからない。私たちは親の決めた婚約者同士で恋人ではないのだ。この距離間は明らかに近すぎる。

唐突にドアがノックされ、失礼しますとラルゴの声がした。ビクリと二人で肩を揺らす。

「ジーク、様」

ラルゴの息の弾んだ声にハッとする。走ってきたのだ。

気まずくなる私の動揺などジークはどこ吹く風で、もっと二人っきりになりたいねと、二人の総意みたいに耳元に囁きを残して離れた。

「早かったな、ラルゴ」

「お待たせして申し訳ございません」

「もっとゆっくりでもよかったのに」

「主を待たせるわけにはいきませんので」

「へえ？　殿下、じゃなかったけどね」

そうジークが告げれば、ラルゴは耳まで真っ赤にして、汗を拭《ぬぐ》うように顔を擦《こす》った。

――んん？　んんん？　余裕なくして昔呼びとか、ら、ラルゴが可愛い……。

言葉を失ったラルゴに、ジークは楽しそうに笑った。

「ラルゴが来たから何か頼んでみようか？　王宮にいた料理人だから、なんでも頼めるよ。アリアは何が良い？」

問われてふと考える。

「でしたらパンケーキをお願いします。小さいころ、王宮でパンケーキをシェアして食べたことを思い出しました」

悪戯みたいに提案する。貴族らしくないけれど、子供の頃、お互いの家ではそんなことも許されていた。今日は幼馴染気分なのだ。少しくらい許されるだろう。

「パンケーキのシェアなんて、何年ぶりだろう」

「懐かしいですね」

ジークが笑って、ラルゴがそれに頷いた。

「店の者を呼んでまいります」

ラルゴが呼びに行く。その背中を確認して、ジークは再び私の薬指にそっと触れて意味深に微笑んだ。


♪

練習用の舞踏会のために急いで準備を進め、ついに舞踏会の日がやって来た。学期末の舞踏会は、一学年だけで行われる。今までのマナー学習の成果を確認する授業の一環であるからだ。しかし、きっと舞踏会は戦いじみたものになるだろう。私は、カノンちゃんと闘う気は毛頭ないけれど、イジメ首謀者ではない空気を流せるような社交ができたらよいと思っている。欲を言えば、カノンちゃんに対する風当たりが弱まれば、間に挟まれるジークも楽になるのに、と思う。

朝からメイドたちが肌や髪、爪の先まで綺麗に磨き上げてくれた。身を包むのはジークをイメージしたエメラルド色のドレスだ。学期末の舞踏会に向けて、私もイブニングドレスを新調したのだ。

アリアのイメージがクールであることから、いつもは瞳の色に合わせた紫色のドレスが多い。ブロンドのジークと並ぶことが前提で作られていることもあり、ジークのブロンドを引き立てるため少し濃い目の色を選びがちだ。また、王太子の婚約者として格式を損なわぬよう、デザインもノーブルなものを選ぶことが多かった。

しかし、今回はラルゴと並ぶのである。ラルゴは、黒髪で黒い瞳。ブラックタイの黒スーツだ。隣に並ぶにはいつもの服装だとあまりにも暗く重苦しいだろう。少し色味が華やかな方が良いと思ったのだ。それに、ジークも違う色のドレスを見たいと言っていた。

というのは言い訳で。影の従者ラルゴの隣に並ぶなら、光の主ジーク色一択!!

何の因果か、グッズ投資のできない今世。こんな形でしか、推しにお布施《誠意》を上納でき《伝えられ》ない。資金は潤沢にある。悪役令嬢万歳!!

カワセミの羽根のような翡翠色の生地は、優しく微笑むジークの瞳の色を写し取ったように煌めいている。その上に、ゴールドのバラが織り込まれた薄く繊細なレースの生地が重ねられた豪華なものだ。薔薇の花は王家の紋章でもある。

濃い目のグリーンにゴールドのレースが映える。重なり具合で微妙な色の違いが見て取れて、まるで鳥の羽のように美しい。

ホルターネックの緩やかなマーメイドラインは、この世界ではあまり普及していない最先端のデザインなのだ。ジークと一緒に行ったメゾンで、彼が喜んでいた形を選んだ。学年だけの非公式パーティーだから少しくらいの冒険は許されると思ったのだ。ウエストの切り替えには、翡翠色の布をレースの上にベルトのようにのせている。背面の膝から下には切り込みが入っており、重なり合ったレースが溢《あふ》れていた。

ジーク色のドレスを身につけ、髪には緑色のレースのヘッドドレスが付けられた。ヘッドドレスには、緑の宝石が果実のようにちりばめられ、ゴールドの鎖が雫《しずく》のようにたれていて、動くたびにチラチラと涼やかな音を立てる。とても綺麗だ（自分だけど）。

満足して微笑めば、鏡の中には完全無欠の淑女がいた。

——うん、悪役令嬢コスプレ完璧！　擬態完了！　社交戦場に乗り込むには、完璧なアーマースーツだわ！

侍女が満足げに頷く。それを見て安心した。

ラルゴが迎えに来たので、私は家を出た。ある意味出陣だ。法螺貝《ほらがい》の音が頭の中に響く。

エスコートはいつもジークだった。だから正直、ドキドキする。もちろん不安も大きいが、ラルゴなら大丈夫という安心がある。

「ラルゴがいてくれてよかった」

ホールに到着し、入り口で手を引いてくれるラルゴに告げた。ラルゴは穏やかに微笑む。

「光栄です」

そう言って、ラルゴは腕を差し出した。私はラルゴの腕に手を絡ませた。いつだって、不安なときはジークとラルゴがいた。

息を吸って心を落ち着かせ、悪役令嬢らしい冷たい微笑を張り付ければ、最後の擬態は完了だ。

重くて大きなドアが開かれる。室内楽団の音が漏れる。眩しいシャンデリアの光。豪華な金の彫刻。天井画の天使が祝福のラッパを吹き鳴らす。ああ、ゲームの背景と同じものだ。

息もできないくらいの視線。悪意が感じられるのは被害妄想だろうか。

慣れていたはずなのに、なぜか心が騒《ざわ》めく。いつもはこんなに不躾な視線だっただろうか。きっと、今まではこの視線をジークが独りで引き受けてくれていたのだ。それを今日はラルゴと二人で耐えなければならない。

怖い。体が震える。ラルゴが絡んだ腕を力強く引き寄せた。私は腕に縋《すが》りつくように距離を縮めた。

「ここにいる誰よりも貴女は美しい」

ラルゴがらしくもなく囁いたから、思わず笑ってしまった。勇気づけてくれるつもりだろう。

大丈夫、自分に言い聞かせる。ラルゴがいるから、大丈夫。

私は背筋を伸ばし、視線に向かってゆったりと微笑んだ。氷の令嬢に相応しい完璧な淑女を演じよう。

一層のどよめきが起こるから、私はゆっくりと周囲を見回して、これでもかと優美な作り笑いを披露した。

大円舞曲が鳴り響く。始まりの合図だ。

中央でジークとカノンちゃんが踊りだす。まずは、男女の首席のこの二人。その後は、自由だ。

――おお！　スチル獲得だ！

やはりヒーローとヒロインの並び立つ姿は文句なしに美しい。

ジークの選んだドレスがよく似合っている。可憐で可愛いからこそ着こなせるドレスだ。まるで花の女神が舞うようで、フワリとスカートが揺れるたびに辺り一面が桃色の空気に染まる。柔らかくなる。この美しい姿に少しだけではあるが、私が貢献できただけでも大満足だ。

たどたどしかったステップは、大分上手になったと思う。きっとたくさん練習したのだろう。健気《けなげ》な姿にジンとくる。ジークはダンスが上手いから、リードもフォローも上手だ。私もそうやって助けられてきた。

――でも、これからジークの隣はヒロインであるカノンちゃんの場所になる。

音楽が変わった。主席の二人が初めのダンスを終え、他の生徒たちのダンスが始まる。

「アリア様」

ラルゴの声に頷いて、私たちもフロアに出る。ラルゴとは小さいころから練習でたくさん踊ってきた。だから、お互いに癖や間合いなどよくわかっているから心強い。

「新しいドレスもとてもよくお似合いです」

ラルゴは細かいことによく気が付いてくれる。その上、言葉に出して褒めてくれるのだ。観察力が鋭くてとても優しい頼りになる幼馴染だ。

「ありがとう。ラルゴに合わせてドレスを作ったのよ。初めての色味だったから心配だったの」

「私のためですか？」

「ええ。いつもはジークに合わせるから色が暗いでしょう？　今日はラルゴの隣に並ぶのですもの。明るい色がよいかと思って」

そう言えば、ラルゴは顔を赤らめて、一瞬言葉を失った。

「ラルゴ？」

「嬉しい」

グッと腰に回された手に力がこもる。

「嬉しいのです。今日はアリア様をガッカリさせていると思っていたので」

「あら、なんで？」

「私では殿下の代わりにもならないでしょう」

「ラルゴをジークの代わりだと思ったことなんてないわ」

ジークはジークだし、ラルゴはラルゴだ。

「アリア様は昔からそうですね。私を『ラルゴ』として見てくれる。そんな方はアリア様だけです」

ラルゴは照れたように微笑んだ。

「そんなことはないでしょう？」

「いいえ。皆、母でさえ、私を殿下の従者、さもなければ殿下の代理人として見ます」

「でも今日は私がジークの代わりよ？」

そう言えば、ラルゴは真顔になった。そして納得したように苦笑した。

「それで、その色なのですね」

「気が付いた？　ジークの隣にはラルゴ、だもの。ジークの色にしてみたのよ」

ラルゴはため息交じりに笑う。

「私はてっきり……、ジーク様以外は認めない、という意味かと思いました」

「へ？　あ、うそ！　そういう意味じゃ全くなくて！」

指摘されて顔が真っ赤になる。ちょっとそれは考えていなかった。武装方法間違えた??

焦って足がもつれる。シャラリとヘッドドレスが音を立てた。よろめく私をラルゴがフォローする。

いつもいつも、ラルゴには迷惑をかけてばっかりだ。だから、ラルゴにも少しだけ言っておこう。

きっと迷惑をかけるから。婚約破棄をするジークと、婚約破棄をされる私の間に挟まれて苦しむラルゴは想像に難《かた》くない。

「正直ね、私はジークに相応しくないんじゃないかって思うときもあるの」

「そんなことは」

「ないように、頑張るけれど、もしやっぱりダメだったときは、私の分までジークを助けてね」

ジークの隣にはラルゴ。そうあってくれれば、ジークはどんなことがあったって幸せでいられるから。

「そんな……王太子妃にならなくとも、私はアリア様をお慕いしております」

「ラルゴ、ありがとう。私、あなたと出会えてよかったわ」

「もったいないお言葉です……私の姫君」

ラルゴはふわりと笑った。懐かしい。騎士ごっこのセリフだ。小さいころよく三人で遊んでいた。

二人の騎士と、私はお姫様。懐かしく、甘い、柔らかな日々の記憶だ。

「もう、馬鹿にしているんでしょう！」

ダンスに紛《まぎ》れて軽く胸を押し返す。音楽に合わせて離れれば、同じようにダンスに合わせて強く引かれる。軽妙なやり取りが楽しい。

「本気です。アリア様に頼られるのは嬉しいのですよ」

「ラルゴは私を甘やかすのが上手ね」

クルリとターン。ラルゴが微笑む。クンと力強く引き寄せられて、胸の中にすっぽりと収まる。安心する。

「もっと、甘やかしたい」

いつもとは違う声色に、驚いて見上げれば、夜のような瞳に捕らわれた。黒い瞳は深淵《しんえん》。覗き込めば奈落。

——吸い込まれてしまいそう。

音楽が、止んだ。

「？　ラルゴ？」

声に出したら、顔が赤くなった。

——そんな声で言われたら、恋愛免疫低いから誤解してしまいそう。

特別な目で私を見ていると勘違いしてしまいそうになる。違うと、ちゃんとわかっている。ジークと共に、三人で一緒にあるために、彼が力を貸してくれていることはわかっている。

「少し、休憩しますか？　顔が赤いです」

いつもの優しげな瞳の色に戻って安心した。やっぱり深い意味などなかった。

「え、ええ」

勘違いを恥ずかしく思いながら、取り繕うように答えた。

「独り占めしないでくれよ。ラルゴ君」

後ろから声がかかり、振り向けば特別クラスの侯爵家の子息コラールがいた。彼は見た目も麗しく、言葉も巧みなこともあり、社交界の中心的な人物でもある。無論特別クラスだけあり優秀だ。そして、彼は『夢色カノン』の攻略対象者の一人である。できればカノンちゃんの味方に回って欲しい人物でもあった。

ラルゴがスッと無表情になる。

「私もお相手をお願いしたいのですが」

優雅なそぶりで手を差し出す。私は少し驚いた。公式なパーティーでは、ジークや王室関係者、賓客を相手にしていることが多く、それ以外の人からダンスに誘われることは稀《まれ》だ。そういう意味で、同年代の相手をするのは慣れていないといってもいい。

しかも、今日の舞踏会でこんなにも早く誘われるとは思ってはいなかった。なんといっても、イジメ主犯の悪役令嬢だと思われているのだ。もう少し敬遠されるのではないかと思っていた。しかし、だからこそなのだろう。探りたい、そういう部分がきっと大きい。

私はにこやかに微笑んでその手を取った。今日のパーティーは戦場なのだ。気を引き締める。ジークのために、カノンちゃんのために、ゲームをハッピーエンドへ導くために、私ができることをしなくてはならない。

「今日のアリア嬢はいつもとは雰囲気が違い、また一層麗しい」

「ありがとうございます、コラール様。あなたからそんな言葉をいただいたら、ご令嬢方に嫉妬されてしまいますわ」

そう返せば、余裕の微笑みが返ってくる。

――コイツ、自分がイケメンだと知っている……！

「今日はなぜ、従者殿がエスコートを？」

戦いのゴングが脳内で響いたかと思ったら、いきなり嫌みのジャブである。負けるなアリア、頑張れ自分！

「あら、ラルゴは私の従者じゃなくてよ？」

屈託なく笑って見せる。責めているように見せたくはないが、嫌味には嫌味で返す。

――ラルゴ馬鹿にすんな。推しはジーク一択でも、ラルゴはある意味ジークよりいい男なんだから!!

「ああ、すみません。そうですね」

「ラルゴが誘ってくれたのですわ」

「王太子殿下がおられるのに？」

「ええ、学園内では今後、殿下がカノン嬢をエスコートすることになりましたので」

「あなたという素晴らしい婚約者がありながら？」

不信感丸出しの質問は、きっとカノンちゃんのことが気になっているからだろう。ごめんね、コラール。多分王道ルートだから君の出番はないよ。

「ええ、社交に不慣れなあの方をサポートするにはそれがよろしいかと、殿下と私で決めました」

暗に二人で決めたのだと釘を刺す。私は承知していると理解してほしい。そして、私もカノンちゃんをサポートするつもりなのだと伝わってくれれば、少しはイジメが減るだろう。

「しかし、皆が心配をしています」

私がジークの寵愛《ちょうあい》を失った、そう思われていると匂わせているのだ。アリアとカノン、どちら側につくか、そういう算段が行われている。

「皆様、お優しいから……、でも、そう目くじらを立てることでもありませんのよ？　学園内の非公式なパーティーですもの。余興というものですわ」

婚約者の余裕を見せつける。それを見て聡《さと》いコラールは納得したように微笑んだ。

「今日のドレスの趣向は、やはり殿下に合わせられたのですね？」

「無粋なことはお聞きにならないで？」

そんなつもりなかったけど！　さすがに、主従あわせです、とは言えないから曖昧《あいまい》にぼかして笑ってみせる。コラールは、眉をあげて笑った。

「可愛いこともおっしゃるのですね？」

「私をどんな女とお思いだったの？」

「畏敬《いけい》を込めて『社交界の雪花』と呼ばれているのはご存じでしょう」

「初めて聞きました。まるで雪のように冷たいということかしら」

わざと意地悪く答えてみる。コラールは小さく笑った。

「でも、今日はさながら春の女神のようだ」

「お上手ね」

「私は緑の木漏れ日に溺れてしまいたい巡礼者ですよ」

——キザか！　キザだな!!　気障《きざ》だよ!!

「あら、でしたらあちらの花の女神にも巡礼なさったほうがよろしいわ」

壁の花になってしまったカノンちゃんに視線を送る。

「……カノン、嬢ですか？」

窺うように私の瞳を覗き込んでくる。きっと真意を測りかねているのだろう。

「ええ。あんなに可愛らしいお花を隅に追いやるなんてもったいないですもの」

「確かに、そうですが……」

「私が手を取るわけにはいきませんから、ね」

聡いコラールなら真意が伝わると信じたい。私はカノンちゃんを孤立させたくはないのだ。

丁度曲が終わる。

「春の女神の申し出です。可憐な花を中央へ届けましょう」

コラールはそう明るく笑って、礼をした。

ダンスを終えて、私は慎重に会場内を歩いた。シナリオではこの舞踏会で私がカノンちゃんに色のついたジュースをかけるベタなイベントがあったからだ。そもそもそんな気はないし、ジークが選んだ素敵なドレスを汚すなんてしたくはなかった。

しかし、ゲーム補正で何があるかわからない。間違っても飲み物をこぼすことがないようにと、私は飲食を諦《あきら》めた。代わりにどのような噂があるのか確かめるために、ご令嬢たちと話をすることにした。

そつのない立ち回りはできたと思う。以前のアリアは有力貴族については把握していたが、下級貴族などには目もくれていなかった。そのため、同級生といえども一般クラスの生徒はほとんど名前と顔が一致していなかったのだ。私はこの舞踏会に合わせて、同級生の家柄や人間関係、人となりを覚え直すことにした。そうして、以前だったら声をかけるようなこともなかった同級生にも声をかけるように気を配った。

だてに前世で中小企業の人事・経理・秘書兼任していたわけではない。いや、私が有能なわけでもないけれど。単に空前絶後の人手不足で、総務という名の何でも屋だっただけだ。

……さて、総じて話題はコラールと変わらなかった。

簡単に言えば、ジークと私の関係の確認（婚約は維持されるのか）、私のカノンちゃんに対する考え。

ご令嬢たちは、それにプラス、ファッションについての話が多かった。カノンちゃんのドレスに関すること、私のドレスに関すること。嫌というほど比較される。私でも嫌なのだから、カノンちゃんはもっと嫌に違いない。

どちらにせよ、悪意を持った人は、私から悪意のある言葉を引き出そうとしたし、そうでない人は穏やかに話をしてくれる。全部が全部敵ではないとわかっただけでも収穫だ。

ダンスを一通りこなして、私は中庭に出た。喉がカラカラだ。ジークもラルゴも人だかりにつかまっている。きっと私の受けた質問と変わらないことを聞かれているのだろう。

――かわいそうに……。横の連携ないのかよ！　みんな同じ質問するな！　いいや、違うね。わかってる、反応見たいんだよね、知ってるわ！

踊り自体も疲れるし、緊張する会話の連続で頭が痛い。愚痴の一つぐらい吐き出したいところだが、あの中でそれはできない。私が明るく振る舞わなければ、『心配』という善意の言葉が、悪意に変わってしまうから。

疲れ切った私は、一人中庭でしばしの休憩だ。ベンチに腰掛け吹き抜けの空を見上げる。額縁みたいに切り取られた夜空に、星屑《ほしくず》が点々としている。

「お疲れですね」

声の方に目線をおろせば、タクト先生がいた。

「そんなに顔に出ていますか？　公爵令嬢失格ですね」

「そんなことありませんよ」

タクト先生は隣に座った。

珍しいブラックタイだ。今夜のパーティーは生徒のもので、教師はお目付け役なのだが服装はドレスコードに準じている。

「あれだけ踊れば誰でも疲れるでしょうから」

「確かにそうですね」

ホッとして微笑む。

「少し休んでいきなさい」

そう言って、細いグラスを手渡された。透明な液体が揺れる。ここでならこぼしてしまっても、カノンちゃんを濡らすことはないだろう。とても喉が渇いていたので助かった。

「ありがとうございます」

一口飲んでから、深く息を吐く。やっと苦しい思いを吐き出せた。タクト先生が小さく微笑む。

「あの赤い星が見えますか？」

天を指さしてタクト先生が言った。

「ひときわ明るい星ですか？」

「ええそうです。何かわかりますか？」

中庭で切り取られた空は狭い。星に詳しくない私は、見覚えのない位置にある星に首をかしげる。

「よく見てください。他の星と違うのですよ」

「……瞬かない？」

「そうです。あの星は瞬かない」

私はタクト先生を見た。

「不思議です」

「不思議ですね」

「なぜですか？」

タクト先生は静かに笑う。

「他に瞬かない星を、貴女は知っていると思いますよ」

ヒントだ。私は考える。星に詳しくない私でも知っていて、瞬かない星。考えあぐねて、タクト先生を見れば、空に浮かぶ満月を指さした。

「！　あ、月！　ですか？」

「そうです。月はなんで瞬かないのでしょう？　ほかの星と何が違いますか？」

「他の星より近い、から？」

「正解です。あの赤い星は惑星なのです。近くて面積の大きい分、大気の揺らぎの影響を受けにくいのです。だから瞬きが少なく見える」

「そうなんですね」

私は何にも知らない。タクト先生は本当によく知っていて、そして導き方がとても上手だ。

ゲームの世界にも月と惑星があることに今更に気が付いて、少しだけ胸が苦しくなった。戻りたいわけではないけれど、それでも懐かしくはある。外から見たゲームの世界は憧れだったはずなのに、実際に今を生きる私には前世と変わらない悩みがいっぱいで、こんなはずではなかったのにと思う自分もいる。

「綺麗ですね」

タクト先生が空を仰いで呟いた。

「はい、とても綺麗です」

近くて自らは光らない惑星も。遠くて光り輝く恒星も。

「星は好きですか？」

「詳しくはありませんが、好きです」

「詳しいとか詳しくないということはさして重要ではありません。好きな気持ちが一番大切だと思いますよ」

「好きな気持ちから、知りたい気持ちって生まれてきますものね」

そう笑い返せば、タクト先生は少し驚いた顔をした。そうして、少し考えるように顎《あご》に手を当てた。

「勉強熱心な貴女に、ちょっとした提案があります」

タクト先生が悪だくみをするような笑顔を見せた。

「？」

「これが終われば夏休みです。その間に研修旅行として私の故郷へ行きませんか？」

「先生の？」

「ええ、私の故郷は彼の国との唯一の交易拠点です」

「そうなんですか！」

「ちなみに、叔父《おじ》が辺境伯で両親が交易拠点の領事をしていますから、詳しい案内ができるかと思います。無論、お一人でとは言いません。侍女なども必要でしょう。戯れの提案ですから、断ってもらってもかまいませんよ」

正直嬉しい。すごく嬉しい。もちろん、ワグナー王国に対する好奇心もある。しかし、それ以上に、憂鬱になりそうな夏休みだったから、是が非でも行きたいと思った。

なぜなら、王都の夏休みは社交シーズン真っ盛りで、多くのパーティーが催されることになっているのだ。きっと様々な悪意の目に晒《さら》されるだろう。いやでもジークとカノンちゃんの噂も聞くことになる。それに、ゲームの王道ルートでは、夏休みの最中にジークとカノンちゃんのデートイベントがある。ゲームのアリアはその告げ口を耳にして、カノンちゃんに真偽を詰問《きつもん》するような場面があった。

二人のデート風景を生で見たいと思う反面、万が一にも嫉妬に狂って刃傷沙汰《にんじょうざた》でも起こしてしまったら即刻御成敗エンド確定である。それはかなり恐ろしい。

しかし、王都にいる以上、社交シーズンの夜会やお茶会からは逃れられないと憂鬱に思っていたのだ。だが、王都にいないのであればすべてを断ってしまえる。

「私はとても嬉しいです。行ってみたいです。でも、父が何というか……」

ワグナー語の勉強に行くなんて口が裂けても言えない。

「公爵様を説得できるような形にすればいいのですよね？」

「ええ」

「さすがに言葉の勉強とは言えませんから、天文学ではどうでしょう？　あそこには大きな天文台があるのです。私のほうから話は通しておきますので、貴女は公爵様に頷くだけでいいですよ」

さすがに大人だ。頼もしい。私は何も立ち回らなくていいなんて！

「ありがとうございます！　楽しみです」

「いいえ。頑張っているのは知っていますからね。ご褒美です」

タクト先生は笑った。

「え？」

何を頑張っているご褒美だというのだろう。勉強？　ワグナー語はすでに楽しみの一部だ。

「ほら、貴女の王子様がお姫様を探しているようですよ」

窓越しにジークが見える。

「ちゃんと見ている人は見ています。大丈夫です。あと少しで今日は終わりですよ」

タクト先生は、一連のイジメ騒ぎのことを言っているのだと今わかった。何も言わないで関係ない話ばかりしていたから、思いもよらなかった。考えればカノンちゃんとも関わっていて、直接話を聞いているはずだったのだ。それなのに、嫌われていても不思議ではないのに、普通に接してくれていた。知っていてわかっていて、私に息抜きをさせてくれたのだ。思わず涙がこぼれそうになる。こんなふうに優しくされると思わなかった。

「ああ、ダメですよ。貴女を泣かしたら王太子殿下に殺されてしまう」

タクト先生は茶化すように笑った。

「大袈裟《おおげさ》です、先生」

「そうでもないですよ？」

つられて笑えば、先生は首をかしげる。ジークがカノンちゃんのために私に刃《やいば》を向けることがあっても、私のために誰かに刃を向けることはありえないのだ。

「さぁ、グラスをください。私が片付けておきましょう」

グラスを差し出せば、指と指が触れあった。グローブ越しに先生の熱を感じる。

「アリア！」

ジークの声が耳に飛び込んできた。先生はすでに立ち上がっていた。

「こんなところにいたんだ。探したんだよ」

「すみませんでした」

探されているとは思わなかった。素直に頭を下げる。

「では、後は王太子殿下にお任せしました」

タクト先生はそう言って、中庭を後にした。

「何の話をしていたの？」

ジークが怪訝そうな声で聞く。

「星を教えてもらっていました」

「星？　歴史学の先生でしょう」

「ええ、博識で星にも詳しい方でしてよ」

「ふーん……？　アリアは先生と仲いいの？」

「先生に向かって仲がよいなどと……ただ、私が教えを請いに行くだけです」

「ふぅぅん？」

なんだか不機嫌な顔だ。

「ジークはどうして私を？」

「どうしてじゃないだろう。もうじきラストダンスだ。今日は僕と踊ってないんだから、最後は僕と踊ってもらうよ」

ジークはそう言って私の手を引いた。


光り輝くホールへ戻る。

さっきよりは少し息がしやすくなった。カノンちゃんも踊っている。良かった、コラールがうまく立ち回ってくれたのだろう。

「さぁ、僕のお姫様、一緒に踊ってくださいませんか？」

ジークが、恭《うやうや》しく礼なんてするものだから笑ってしまった。

「こちらこそ、私の王子様、よろしくお願いいたします」

私は差し出された手を取った。まるで子供の頃に帰ったみたいだ。

ジークは慣れた手つきでリードする。私もジークが相手なら慣れたものだ。子供のころから、何度も何度も一緒に踊ってきたのだ。何も考えることもなく、まるで氷の上をすべるように軽やかに舞うことができる。気持ちがいい。

「今日は一段と綺麗だね、アリア」

「まさか、ジークから定型文のご挨拶とは思いませんでした」

笑えばジークは軽く睨む。

「さぞやたくさん言われた様子だ」

「皆さんお優しいのですわ」

「まったく君はわかってない」

ヤレヤレと肩をすくめて、ジークはため息をつく。

「今日のドレスはいつもとは趣向が違うんだね」

「おかしいですか？」

「とても似合っている。……ねぇ、それって僕の色？」

にっこりと笑うイケメンが眩しい。

――ジーク、ジークもか！　イケメンだと自覚あるよね？

言葉を失って目をそらす。確かにジークの色だけど、そんなこと本人には言えない。本来推しカラーなんてひっそり楽しむべきだった！

「噂は噂だったのかな？」

相手は追撃の手を緩める気はないらしい。

「……皆様のおっしゃる通りですわ」

諦めて白状する。ジークの聞いた噂がどんなものかは知らないけれど、きっと、ジークの色に合わせたとか、そういうたぐいだろう。その通りだが、正直不服だ。

「アリアがこんな可愛いことするとは思わなかった」

顔が熱い。みんな私を何だと思っているのだろう。青い血の流れる貴族だとでも思っているのか！

いや、貴族だった。

「子供っぽいとおっしゃる？」

「いいや、逆に、十五にしたらイケナイと思うよ」

「？」

スッと背中を撫でられる。

「っ」

ビクリと背筋が戦慄《わなな》く。

「胸を隠すのはいいけれど、まだ、こんなに背中を見せちゃダメ。背中は不躾に見られていてもわからないでしょう？」

ジークは背骨をなぞりながら、その手を腰に戻した。

「すごい目で、見られてた、知ってた？」

言葉もなくフルフルと頭を振る。

「まぁ、でも、ちょっと気分は良かったかな。皆が注目するアリアが僕の色なんてね」

ジークは顎をあげて威張るような仕草をするから、笑ってしまう。

「ジークもそんなことおっしゃるのね」

「意外？」

「あまり聞いたことなかったから、嬉しいのです」

子供の頃から婚約者で、腕を組むのが当たり前で、好きだなんて言われたこともない。

言葉の多くは、要望や禁止に関わる言葉が多い。綺麗だ、可愛い、それは言葉としてもらうけれど、単なる感想だと知っている。可愛いウサギにも、綺麗な宝石にもつける程度の言葉だ。でも、さっきの言葉はジークの気持ちだった。

ジークに『気分が良かった』と言われたことが、本当に嬉しい。心の底からジワジワと喜びが満ちてきて、自然に笑顔になってしまう。

ジークは私を見て目を見張った。そして、なぜか少し目をそらした。

「僕は……、もう少し自分の気持ちを口にした方がいいかもしれないね」

「そうでしょうか？」

「どうしても、事実だとか、見てわかりやすいことを言葉にする癖がある。王族として、感覚で言うことは窘められてきたから、苦手なんだ」

「ジークにも苦手なことがあるのですね」

「もちろんあるよ」

不本意そうに眉をひそめる。

「そうね、そうでしたわ。レモンはまだ嫌いですか？」

「……本当に君には敵《かな》わないよ」

「苦手だったら、私のグラスと交換いたしましょ？」

そう笑えば、ジークも笑った。

「そうだね、これからもずっとそうして僕を助けて」

「ええ、もちろん」

そう笑えば微笑み返される。自然にそうできるのが嬉しかった。

音楽が静かにフェードアウトしていく。ダンスがゆっくりと落ち着いてくる。

ピタリ、どちらも同時に止まって。

思わず見つめあう。

翡翠色。エメラルドグリーン。綺麗で温かい春を思わせるその色。

今日贈られた私への賛辞は、そのままこの人への賛辞だ。

ジークは私の手を取って、手の甲に口づけた。

シンとする空気。固まってしまう私。

この国では、手の甲へのキスは敬意の表れだ。だから王族では、結婚でもしていない限りそのようなことはしない。それを。

ワッと会場が沸く。私はそれを他人事のように聞いた。


♪


「悔しいけど仕事だから」

ジークはそう言って、私の手をラルゴへ引き渡す。

「後は頼むよ、ラルゴ」

ジークはそう言ってカノンちゃんの元へ戻っていった。

——仕事、かぁ……。

私は納得した。固まってしまった身体がほぐれる。政務としては良いデモンストレーションだったと思う。

学園内は、アリア過激派（カノン排斥派）、カノン擁護派、中立派（傍観、様子見を含む）に分かれていることが今回はっきりとしてきた。特に、アリアを引きずり下ろそうとしている人たちが、アリア過激派とカノン擁護派内に紛れている様子も感じ取れた。アリアが王太子妃になることで、ヴォルテ家がこれ以上力を持つのを恐れる貴族もいるのだ。

その中で、孤立気味になってしまった私の立場を守るためにしてくれたのだ、そういうこともわかる。ジークの優しさだ。アリアはまだ婚約者であると、カノンを保護していても、アリアをないがしろにするつもりはない、そう社交界的に表明したわけだ。

現状はそうするしかないし、ジークがどう考えているのか知らないけれど、効果は抜群だと思う。でも、少し期待してしまった。手の甲へのキスに嬉しいと思う反面、仕事という言葉に、悲しんでしまう自分がいて驚いた。

――嫌だなぁ、汚いなぁ。どうして純粋に喜べないんだろう。欲張りな自分が嫌だ。

カノンちゃんは可愛いし、お似合いだって思っているのは嘘じゃないのに。ジークをハッピーエンドに導きたいと思っているのに。ジークとラルゴが一緒にいればそれでいいって思っているのに。それなのに、自分が側にいられない未来はやっぱり悲しい。

「アリア様？」

ラルゴが私の顔を覗き見た。心配しているのだろう。

「ううん、大丈夫。少し疲れちゃったみたい」

涙が滲みそうになる顔を隠すように俯けば、咎めるようにヘッドドレスの金の鎖がシャラリと音を立てた。

もう少しだけ、好きでいさせてください。

できるだけ早く想い出にしますから。

これ以上は望みませんから、許してください。

縋るように言い訳をして、ジークの唇が触れた手の甲を、そっと自分の唇に寄せた。

第二楽章　潮騒のサパテアード

　青空には背の高い雲の峰。ムッとした熱気を帯びた風が、極彩色の花々を揺らす。学園の夏休みと、王都の社交シーズンが始まった。

　タクト先生の配慮で、私はサパテアード辺境伯の居城へ研修に行くことになった。侍女や従者を連れてはいるが、家族と離れての旅行は初めてである。

　ルバートお兄さまは非常に不満げだった。初めは、私一人を旅に行かせるのはもってのほかだと一緒について来ようとしていたが、父に厳しく諌《いさ》められた。宰相家の我が家では声のかかるパーティーも多い。父は兄を後学のために出席させているのだ。そのため、男女ペアで出席することが基本のパーティーなどは、私と兄で出席することが少なくなかった。私が留守にするということは、兄は代理の誰かを立てなければならなくなる。それが不満なのだろうが、兄まで留守にしてはヴォルテ家の社交が手薄になってしまうのだ。兄は渋々折れる形になった。正直こんなにすんなりと送り出してもらえるとは思っていなかったので驚いたが、きっとタクト先生の手腕なのだろう。

　私は今、タクト先生と一緒にグローリア王国の主要な都市を繋《つな》ぐ特急寝台列車を待っていた。魔力を帯びた特急列車は、この世界において最速かつ、とても高価な乗り物だ。普通列車といえば蒸気機関車なのだが、特急列車は魔力の込められた水と石を使うことで、より速く走ることができる。

そんな列車でも、王都からサパテアードへは二日ほどかかるのだ。

この特急寝台列車は、高貴な方々も利用することが多いことから非常に豪華な作りになっている。

我が公爵家が公式に利用する際には、一両貸し切りにするそうだが今回はお忍びである。上等の個室を侍女と一緒に使うことになっていた。もちろん、公爵令嬢とはわからないよう軽装だ。私は寝台列車に乗ることも初めてで、すべてにワクワクする。

すると、男性二人がスッと横に立った。影を感じて顔をあげる。帽子を被《かぶ》った旅の軽装。若草色の瞳のジークだ。もちろんその隣にはラルゴが控えている。突然の出来事に驚いて息を飲んだ。まさかこんなところで会うとは思わなかった。その上、王族らしからぬ格好はどうしたことなのか。旅に出かけるのであれば、それ相応の警護のものを引き連れていてもよさそうなものだが、側《そば》にはそれらしき姿が見当たらない。

「ジ、ジーク？　こんなところで、とても珍しい恰好でいらっしゃいますのね？」

ジークは人差し指を唇に押し当ててウインクした。きっと主従二人での秘密の外出なのだろう。その仕草にラルゴが静かに笑う。

「……と、尊い……」

旅装束のジークとラルゴはゲームでも未公開だ。二人の立ち姿のあまりの美しさにため息も漏《も》れてしまう。思わず呟《つぶや》けばジークは怪訝《けげん》そうに私を見た。

「尊い？」

「あ、いえ、と、遠いところにお出かけですか？」

ごまかすように尋ねてみる。するとジークはニッコリと笑った。

「お姫様、ご一緒してもいいかな？」

「な……？」

「僕も一緒に行く」

きっぱりと言い切るジークに驚いた。どういうことなのだろう。夏休みのカノンちゃんとのデートイベントはなくなってしまったのだろうか。

「タクト先生、これはいったい……。ご存じだったのですか？」

戸惑いつつ尋ねれば、タクト先生は小さく頷《うなず》いた。

「国王陛下より王太子殿下がサパテアードに同行するとのご連絡をいただきました。辺境伯もご存じです。私も急なことに驚きました」

「詳しい話は乗車後に話そう」

ジークは簡単に答えた。車掌《しゃしょう》に促《うなが》され列車に乗り込む。ジークとラルゴもお忍びのようで、同じ車両の個室に案内されていた。ジークとラルゴの二人旅とは、なんとも想像を掻《か》き立てられるではないか。当然のように二人で個室に入る様子を、ムフムフと観察し、私も侍女と個室へ入る。車内で快適に過ごせるように整理をして、一息つく。

ゆっくりと列車が動き出し、夏休みの旅が始まる。滑るように王都の景色が流れていく。大きく豪《ごう》奢《しゃ》な建物が遠のいて鄙《ひな》びた建物が続く街並みになり、麦の揺れる青々とした畑の姿に感嘆する。初めて乗る特急列車に侍女と共に沸き立つ心。レールがガタゴトと歌う音、私もつられてハミングしたくなる。

すっかり列車に夢中になっているとドアがノックされた。侍女が出ればそこにはラルゴが立っていた。

「ラルゴ様より、ラウンジで王太子殿下よりお話があるとのことです」

「すぐに参ります」

ラルゴと共に車両のラウンジへ向かう。先ほどは気が付かなかったが、ジークにひっそりとついてきていた護衛たちが出入り口を守り、少し物々しい雰囲気だ。私を認めてドアを開く。中ではすでに、ジークとタクト先生が席に座っていた。ラウンジは同じ車両に乗車している者しか使用できないため、実質は貸し切りである。ジークの向かいにはタクト先生、ラルゴは政務時と同様にジークの背後に立った。私はジークの隣に座るよう促され席についた。

「アリアが来たことだし、説明を始める」

凛《りん》とした声は、公式行事の口上でも述べるかのように、淡々としていた。こういうときジークは、表情から真意を悟られないようにするために、努めて近寄りがたい雰囲気を出すようにしていると感じる。

「これを見てほしい」

テーブルに置かれたのは二枚のメダルだった。グローリア王国の友好国で発行された巨大な橋の開通記念のメダルである。表には開通した橋、裏には国鳥が刻印されている。通貨として流通しているコインより一回り大きいものだ。主にコレクション用として集められることが多い。実際、我が公爵家にも歴代各国の記念メダルが並べられているので、私も見たことがあったのだ。

一つは黄金に輝いた見慣れたメダルだ。しかしもう一方は同じく黄金に輝いてはいるが、彫りが曖昧《あい》昧《まい》で少し心もとない。本物を見たことがある者ならば、偽物であるとわかるだろうが、見たことがない者では真贋《しんがん》の区別はつかないだろう。

「サパテアードにおいて、様々な国の偽造メダルが高値で取引されているという話が王都にまで届いた。初めは領主に任せておいたのだが、グローリア現国王の即位メダルにまで偽造が及んでいるそうだ。純金であるはずのメダルが金箔《きんぱく》張りになっているらしい。現状を確認するため、私が現地を視察することとなった」

「しかし、王太子殿下に命じるほどのことではないと思うのですが。サパテアードにも優秀な憲兵はおります」

タクト先生は穏やかな表情を浮かべてはいるが、眼鏡の奥の瞳は冷たい。自身の出身地に王家から疑いの目が向けられるのが不本意なのかもしれなかった。

「少し大げさかとは思ったが、私自ら願い出たことだ。サパテアードは交易の要。ここから他国に偽造メダルが流出することは避けたい。現国王即位の偽造メダルが、もし本物として流通してしまった場合、純金で記念メダルが作れない国などと噂《うわさ》が立ったら不本意だ」

「国の力そのものが疑われかねませんものね」

確かめるように問えばジークは鷹揚《おうよう》に頷いた。

「だからこそ実際にどうなっているのか、この目で見たかった」

凛々《りり》しく言い切る姿に王者の片鱗《へんりん》を感じ、ため息が漏れた。職務に向かうジークはとても頼もしく美しい。惚れ惚《ほぼ》れとしてしまう。

「……という理由もあるが。未来の王太子妃が行くならば、僕も同行するのが筋だろう？」

「まさか政務にかこつけて婚約者を追いかけてこられるとは……ご寵愛《ちょうあい》が過ぎませんか？」

タクト先生が呆《あき》れたようにため息をこぼすと、ジークは不愉快そうにタクト先生をねめつけた。

「研修と銘打って生徒をかどわかす教師に言われたくはないな」

一瞬、ジークとタクト先生の間に火花が散った気がした。

「しかし、アリア様が王太子殿下の婚約者であることを先生がご承知ということで、私は安心いたしました。万が一にも知らずに、などということがあってはなりませんから」

ニッコリとのたまったのはラルゴである。背中に黒いオーラが見えるのは気のせいか。ブルリ、なぜだか背中が震えた。

「ジークがサパテアードへ行く理由はわかりましたが、到着後の行動はどのようにすればよろしいのでしょうか？　このような内密なお話をされるということは、何か私にも役目があるのでしょうか？」

話題を断ち切るように問う。

ジークは今まで張り付けていた政務用のお面を外し、トロリと甘い視線を私に向け、ふふ、と小さく笑った。

「さすがアリアだね。細かいことに気が付いてくれて助かるよ。基本的には自由に過ごしてもらって構わない。だけど、町の様子などで何か不自然なことや気づいたことがあれば教えてほしい。でもくれぐれも危険なことはしないで、アリア。君は僕の大事な婚約者だからね」

小さい子供にでも言い聞かせるような優しい声だ。

「わかりました」

私は素直に頷いた。

ゲームのシナリオから外れているのは少し気になるけれど、ジークと一緒にいられるのは嬉《うれ》しいのだ。夏の想い出を一緒に作れるかもしれないと思うと、ジンワリと胸の奥に喜びが広がった。

♪

サパテアードは辺境の地だ。周囲は大きな山と森と海に囲まれた天然の要塞。森を挟んで海峡があり、それを越えれば隣国ワグナー王国である。

海峡とは別の方角に港があり、そこには小島があって『出島』と呼ばれている。そこがグローリア王国で唯一ワグナー王国と交易をしている場所になる。ワグナー王国の品物は、この『出島』を経由してグローリア王国へもたらされるのだ。

サパテアード辺境伯の城の人々は、好意的に私たちを迎えてくれた。現在の王妃はサパテアード辺境伯の妹である。ジークは辺境伯の甥《おい》にあたる。だからこのような急な視察が受け入れられたのだろう。しかし、ジークはサパテアードに来るのが初めてなのだと言った。そもそも私たち貴族の子供たちは、自分の領地と王都ぐらいしか行くことはないのだ。

タクト先生はサパテアード辺境伯の妻の兄、出島領事夫妻の息子なのだそうだ。辺境伯とは叔父甥の仲というけれど、少し余所余所《よそよそ》しい雰囲気に見えた。私たちがいる間はタクト先生も同じ城にいることになっているそうだ。

早速荷物を侍女に任せ、私は城の中を歩いた。辺境というだけあって、城塞を思わせる居城は王都暮らしの私にとっては珍しい。

小高い丘の天辺《てっぺん》に、崖までぎりぎりに建てられた城だ。崖下《がいか》には海。眼下に城下町が広がっている。高い塔の一番上では、ワグナー王国まで見えるらしい。見張りや籠城《ろうじょう》のために作られたという塔の最上階を取り壊して、そこへ天文台を建てたそうで、空が近いのだ。城の壁からそそり立つ張り出し櫓《やぐら》はいまだ健在で、騎士が交代で見張りをしている。騎士も侍従も王都の者よりたくましい。何もかもが違う様子に心が浮き立つ。

下町を歩く予定だからと、先ほど着替えた気軽なワンピース姿であることも学園のことを忘れさせた。コルセットのない綿素材で動きやすい。早く街へ行ってみたい。新しいことを知りたい。何が流《は》行《や》っているのだろう。

「出島に行ってみましょうか」

タクト先生が庭から声をかけてくれた。ジークとラルゴが先生の後ろに立っている。私は目を輝かせた。ワグナー王国とグローリア王国が交わる出島は、将来国を背負うジークにしてみれば、一度は見ておきたい場所だろう。

「まずは出島のグローリア領事館へ行きましょう。そこは辺境伯家が管理しています。色々な人たちがいますが、噂ほど治安は悪くありません。ただ、海の者が多いため、物言いが少し荒っぽいのですが驚かないでください」

「わかりました」

私は表情を引き締めた。

ジークとラルゴ、タクト先生と私で街へ出る。車に乗って港に出て、そこから小さな船に乗った。港には大きな砲台がある。まだ現役のようで黒々と光っていた。穏やかで明るい空気の中に、重い影が時折混じる。これがサパテアードなのだ。

空と海の境目がわからないほどの青。さざめく潮騒。照り付ける太陽は眩《まぶ》しいが、海を渡る風のせいか、王都のような重苦しい暑さはない。

小さな船は手漕《こ》ぎの櫂《かい》で進んでいく。波は穏やかで、まるで浮いているみたいに船底の影が海の底に見えた。浅瀬に広がる緑色の海はまるでジークの瞳のようで、思わずジークを見れば目があって微《ほほ》笑《え》まれる。思わぬことに、ドキリと胸が跳ねた。

白い桟橋《さんばし》に船を着け、私たちは出島に上がった。手を引いてくれるのはジークだ。麻のシャツが潮風で膨らんで、シャツの中のジークの体が影となって透けて見える。それは神々《こうごう》しいほどに眩しい。

――はぁぁぁ……ジークに手を引かれるなんて幸せすぎる。それに海風の中のジークだなんて……。これって完全な新規絵よね。他の誰も知らないやつ。最高です！

ジークの脇に控えるラルゴも軽やかな麻のシャツで、二人の爽《さわ》やかな夏姿に胸を高鳴らせながらも、タクト先生に付いていく。

街のざわめきが煩《うるさ》い。出島の街の作りは、基本的にサパテアードの城下町とよく似ている。しかし街の中を歩いてみれば、こちらの方が商業の色が強く、グローリアとワグナーはほぼ対等に思えた。グローリアの言葉と、ワグナーの言葉が混ざり合っている。軒先につるされている看板は、二つの文字で表記されていて、この文字がこの言葉なのだと、目に見えてわかって感動する。耳に入ってくるワグナー語が少しだけ聞き取れて嬉しい。勉強の成果が出ているのがわかる。

紺碧《こんぺき》の空に、白い壁の街並みが映える。窓の周りには色とりどりの鉢植えが並べられ、日差しの鮮やかさもあって目に眩しい。街並みのどこを見ても美しく、ただ散歩するだけでもきっと楽しいだろう。

真《ま》っ直《す》ぐに伸びた大きな通りを歩いてゆけば、すぐに四角い白亜の建物が現れた。グローリアの領事館らしい。領事自ら迎え入れてくれる。

「よくおいでくださいました。王太子殿下」

シンプルだが趣味のいい部屋に通されて、出島の状況を説明される。ある程度の話が終わったところで、私は領事館の中庭へ通された。噴水のある中庭に見慣れないタイルの柄が異国情緒を感じさせる。

ジークとラルゴは領事と応接間で難しい話を続けている。その間、私はタクト先生と中庭で出島の歴史などを学ぶことにした。しかし途中、タクト先生は領事館の人に呼ばれ席を外すことになった。少し時間がかかりそうだということで、領事館のメイドがお茶を用意してくれた。中庭には領事館のメイドと騎士が付き添っている。色鮮やかな花々がたくさん植えられて、木にはオレンジの実がついていた。

話し相手がいないから、私は渡された出島のガイドブックのようなものを読んでいた。簡単な地図に、有名な観光地が書き込まれたものだ。

外に行きたいな。そう思うのは我儘《わがまま》だろうか。私は領事館よりも市井《しせい》の人たちを見たかった。できれば、自分の言葉が通用するか少し話もしてみたかった。待っていれば、帰りにはきっと寄ってくれるだろう。そう思うけれど、この待ち時間が惜しい気がした。今は公爵令嬢ではあるけれど、前世は普通の会社員だったのだ。一人で街歩きぐらいできると思いつつ、今の立場ではそれは無理だということも知っていた。貴族というのも不自由なものである。

「アリア」

名前を呼ばれ顔をあげれば、以前タクト先生の歴史学準備室の前で出会った猫のような先輩がいた。名前は確か。

「クーラント・サルスエラ先輩……？」

「クーラントでいいよ」

その時と同じように、ニヤリと笑う。学園とは違い、爽やかな白いシャツは袖をまくって、美しい筋肉が光り輝いている。それに王都では珍しいインディコの膝下丈のパンツを合わせていて快活そうな雰囲気だ。革のサンダルに裸足《はだし》が珍しかった。改めて見ればこの人もイケメンだ。なんというか、ヤンチャ元気印猫系イケメンなのである。ジークには敵《かな》わないけれど、『夢色カノン』は登場人物以外でもイケメンが多いらしい。

「どうしてここへ？」

「こっちが地元だから、夏休みに戻って来たんだ」

「遊学中と言っていたけれど、あなたワグナーの方だったの」

「本当は内緒だけどね。こんなところまで来るアリアだ、理由はわかるだろ」

グローリアとワグナーは隣国同士と言えど、少し微妙な関係なのだ。学園内での差別などに配慮して、内密にされているのかもしれなかった。私は納得して頷いた。

「それで、領事に頼まれて君に街を案内しに来たんだよ。オレは領事の推薦で学園へ遊学しているから、同じ学園の先輩として丁度《ちょうど》いいんじゃないかって」

「ありがとうございます。クーラント先輩」

「クーラント、だよ。アリア。ここではそっちの方が自然だよ」

「ああ、そうなのね、クーラント。少し慣れないから変な感じだけれど、そこはお許しくださいね」

「じゃあ行こうか。夕方には帰す約束になってるから、ここでゆっくりしゃべっている時間がもったいない」

そう言ってクーラントは、メイドと騎士に向き直った。

「というわけでアリアを連れて行くね」

二人に見送られて、さっそく街へ向かった。


♪


領事館から出て、街の中を歩く。小さな島は起伏に富んでおり、階段を下りたり上ったり、平面のガイドブックで見るのとは印象が全然違う。街角には楽器を奏で、踊る人々がいる。

「迷ってしまいそう……」

不安になってそう言えば、クーラントは立ち止まった。

「複雑に見えるけど、実はコツがあるんだ」

「コツ？」

「南北に伸びる大きな道には名前が、東西に伸びる道にはナンバーが付いている。それが基準になっているから、道に迷ったら名前のついている道に向かって進めばいいだけ」

そう言って、角の家の壁を指さした。個人宅だと思われるが、プレートが付いている。

「アコヤ3―1、これはアコヤ通りと3番通りの交わったところから1番目っていう意味」

見れば大きな家にはすべて同じようなプレートが付いている。

「わかりやすいのね」

「出島はグローリアとワグナーが交易を始めた時に人工的に作られた場所だから、古い街に比べ区画がしっかりしているんだ。領事館を挟んで西側がグローリア、東側がワグナーだ。だいたい、貝の名前が付いている道沿いはワグナーの人間が多い。グローリアは木。ワグナーはグローリアのものが欲しいし、グローリアはワグナーのものが欲しいだろ。バラバラしてたら見にくいからまとめてある」

「……すごい……面白い」

感心してしまう。これは新しく街を整備するときの参考にできそうだ。

「ちなみにど真ん中の一番大きな通りは、そのまんま『領事館通り』で、両国の領事館につながっている。まぁ、領事館に帰るには『グローリア』って言えばだれでもそこへ連れてってくれるよ」

「そうなのね」

もしはぐれてしまっても、自分で帰ることができそうで安心する。

「でも、まぁ、迷子にはならないでよ。心配だから」

クーラントは笑った。

「もちろんよ」

街の中で細々したものを見て歩く。出島は小さな島なので、移動は徒歩が基本だ。買い付けや大きな買い物がある商人などは、貨物用の荷馬車を使っている。大きな通りには簡素な辻《つじ》馬車もいた。

お土産《みやげ》向きな小さなお菓子。貝殻のアクセサリーが豊富で何を見ても新鮮だ。真珠は色とりどりで形もたくさんあった。見ているのも楽しいけれど、なにより自分で買い物をしてみたい。

「あ、あそこ良いかしら？」

露店の天幕の下に鮮やかな手描きの染付がされた布がたくさんぶら下がっている。それを取ってもらう仕組みになっているらしい。

看板にはワグナー語と怪しげなグローリア語が書かれている。

「どれが欲しいの？」

クーラントが問う。

「ええ、と。私が買ってみたいんだけど……」

「アリアが？　多分この辺はグローリア語だとうまく伝わんないよ」

言いにくいが勇気を出す。

「ワグナー語を使ってみたいの」

そう言えば、クーラントは面白そうに笑った。

「へー。いいじゃん。やってみれば」

良かった、王都の人だったら軽蔑されるところだ。クーラントは地元の人だから、差別的な目で見なかった。そのことに安心する。今なら自由にワグナー語を使ってもいいのだ。

「ダメだったら助けて？」

「いいよ」

緊張した面持ちで店の前に行く。店主が怪訝な顔で私を見た。私は勇気を出して、気になるスカーフを指さす。

「コレハ　オイクラデスカ？」

たどたどしいワグナー語で聞けば、ぶっきらぼうな声で答えが返ってくる。

「千S《エセ》」

通じたらしい。だが、ただそう答えるだけで、スカーフを取ってくれる気配はない。

気分を害してしまったのだろうか？　それとも売りたくないのだろうか？　オロオロとしていると、クーラントがおかしそうに笑った。

「アリア、ここじゃそれじゃダメだよ。お貴族様たちと違って空気を読んでくれないから。欲しいものは『欲しい』、嫌なことは『嫌だ』って言わないと通じない」

だから、スカーフを下ろしてくれないのか。

「ホカノミタイ　マダアル？　ミセテ」

もう一度チャレンジしてみる。そうすれば、足元から大きな箱が取り出された。その中には、様々な色やサイズの布がたくさん入っている。

「わぁ！　すごいわ！　素敵‼」

大興奮だ。宝物を見つけた気分だ。

「見てもいい？」

思わずグローリア語で話しかけてしまうが、意味が通じたのか頷きが返ってきた。

大判の布は服に仕立ててもよさそうだ。少し小さなものは、ポケットチーフ用かもしれない。リボンや帯になりそうな細長いものなど、サイズの種類も豊富である。鮮やかな色彩は繊細で異国情緒も溢《あふ》れていて、ちょっとしたプレゼントに使えそうだ。まるで宝探しである。

「ねぇ、クーラント！　とっても綺麗《きれい》よ」

「そーお？」

クーラントは興味がなさそうだ。

「もう！　こんなに細かい仕事絶対できない。天才よ！」

前世だったら、絶対神と呼ぶ！

「おおげさな」

クーラントは呆れたように笑うから、彼のことは無視してスカーフやチーフを選んだ。お兄さまやお父さまへのお土産にするのだ。王都から離れて不便をかけている侍女や従者にも必要だろう。ジークやラルゴ、他に自分用に大人買いだ。

ジークのお土産にピッタリな紫の薔薇《ばら》の刺繍《ししゅう》のポケットチーフを見つけて、心が浮き立った。これならジークにも喜んでもらえるかもしれない。同じ柄の大判の布を買って何かにできないかと考える。そんなふうに思いをはせることも楽しくて仕方がない。

「コレ　クダサイ」

そう言えば、店主は目をぱちくりさせた。布の数を数えて、金額を言う。私は最後に初めに尋ねた少し大きめのスカーフを指さした。一目惚れしたのだ。これはワグナー王国の太陽と月の星物語をモチーフにしたものだった。

「あと、アレも。フクロ　アル？」

先に言われた金額と、最後の分を足してお金を払う。

「あなた　これ　あげる　うれしいかった」

店主はぎこちないグローリア語でそう言って、小さな猫の描かれたハンカチをくれた。キジトラの刺繍がかわいらしい。横顔のメッシュの感じが、ちょっとクーラントみたいだ。

それを紙袋に入れて渡された。少し買いすぎてしまったかもしれない。私は大きめの紙袋を胸に抱え込んだ。

「カワイイ！　アリガトウ！」

私は嬉しくなってワグナー語で礼を言った。

「初めてにしたら上出来じゃない」

クーラントが言った。

「そうかしら？　自信ないからドキドキしたわ」

「言葉なんて伝わればいいんだよ。何語でも」

確かにそうかもしれない。グローリア語が苦手そうだった店主が、最後にグローリアの言葉で話してくれたのがとても嬉しかった。

しかし、グローリアとは違う灼熱《しゃくねつ》の太陽は、ジリジリと私の体力を奪う。思わずため息をこぼせば、クーラントが笑った。

「疲れた？　なんか冷たいもの買ってくるよ。嫌いなものある？」

クーラントが言った。

「クーラントのお勧めがいいな。このあたりの名物を知りたいのよ」

「了解。そこ座ってなよ」

クーラントは小道の階段を指さした。はしたないとは思ったが、私は荷物を置き階段へペタリと座り込む。慣れない外歩きに疲れ切ってしまったのだ。太陽の熱で石が温まっている。

海鳥だろうか。聞きなれない鳥の鳴き声が響く。寝かしつけようとする子守歌らしい優しい歌に混じって、赤ちゃんの泣き声がする。ゆったりと流れる時間が気持ちいい。

程なくしてクーラントが戻ってきて、私の隣に腰かけた。そして、脇に抱えていた紙袋から、手のひらサイズの果物を出した。マンゴーのような形で、色は毒々しい青だ。よく冷やされていたようで、表面には水滴がついている。

私はその色に、少しギョッとした。クーラントはそれを見て笑う。

「シラップの実だよ。見たことないだろ？　見た目はこうだけど果汁は甘くておいしいんだ」

「甘いの？」

「ああ」

クーラントはポケットから小さなナイフを取り出すと、手際よくその先端を切り落とした。

「こうやって、飲む」

果物の切り口に直接唇を当て、その果汁を啜《すす》った。

「やってみたい！」

「アリアの何でも自分でやってみようとするとこ、いいね。ほら、やってみな」

クーラントはそう笑ってシラップの実をくれた。受け取った果実は少し硬くて、中に水分が入っているのがわかるほどタプンとしている。ナイフを手渡され、同じように切ってみる。飲もうと口をつければ、切り口が少し大きかったようで、唇の脇から果汁が頬へ伝った。

クーラントはそれを見て、指で果汁を掬《すく》い取り、その指をベロリと舌で舐《な》めとった。私は呆然《ぼうぜん》として頬を押さえる。

「っちょ」

「もったいない」

平然とした顔で答えられて、これも文化の差なのだろうと気が付いた。変に意識してしまっている自分が恥ずかしい。思わず顔をそむけた。

「……クーラントって、トラ猫みたいね」

「せめて、ティガーって言ってよ……」

「てぃがー？」

「ワグナーで虎って意味」

「虎、だなんて図々《ずうずう》しいわ」

そう答えれば、クーラントは苦々しい顔をした。

「はー……、まぁ、いいよ、今はそれで」

二人でクスクスと笑いあう。気持ちの良い潮風が二人の間をすり抜けていく。甘いシラップの果汁ですっかり疲れも取れてきた。

「良い街ね」

「だろう？　良い街なんだ」

クーラントが自分自身を褒められたかのように得意そうな顔をした。

「クーラントはどうして学園にやってきたの？」

不思議に思って聞いてみる。あまり関係のよくない国の学園に、身元を隠してまで学びたいことがあったのだろうか。クーラントは猫の目のような大きな瞳を見開くと、スゥとゆっくりと細めた。

「結婚相手探し」

「え？　グローリア人と？　結婚？　そんなこと」

驚いて尋ねる。ドナドナエンドのアリアを思い出して、一瞬胸の奥が凍えた。

「無理だと思う？」

クーラントが窺《うかが》うような瞳で私の瞳を覗《のぞ》き込む。私は無理やり笑って答えた。顔も声も強張《こわば》っていたかもしれない。

「あ、いえ、無理だとは思わないけれど」

「ま、結婚はともかくさ、オレ達みたいに仲良くなれたらいいよね」

クーラントが茶化すように笑った。結婚相手探しは冗談だったらしい。

「……オレ達みたいって……まぁ、そうね、仲良くなれたらいいわね」

私もつられて笑った。人懐《なつ》っこくて距離感が近い人柄なのかもしれない。

私たちが座り込む階段の横を、子供たちが楽しそうに声をあげながら駆けおりていく。しかし、階段を下りきったところで、家の陰に何かを見つけ突然立ち止まり、口を噤《つぐ》んで逃げ去った。

不思議に思い家の陰に目を向ければ、黒い影の中に小さな女の子が膝を抱えて蹲《うずくま》り、シラップの実をじっと見つめていた。その目が影の中でキラキラと光る。左右の光の色が違う。茶色と薄い青い瞳のオッドアイだ。

目が合ったとたん、女の子は泣きそうな顔をして膝に頭をつけ、顔を隠した。薄汚れた衣服。乱れた髪。細い腕。きっと迷子ではない。

私は思わず立ち上がり、その子供に駆け寄った。

「これ、飲む？」

シラップの実を差し出す。女の子は驚いたように顔をあげ、窺うように私を見た。

「たくさんあって飲み切れないの。飲みかけで良かったら」

言えばコクコクと頷くから、そっと小さな手にシラップの実をのせてやる。

「なにやってんの」

後から来たクーラントが、長く息を吐き出した。呆れたといった感じだ。

「アリアは知らないの？　グローリアの人間だろ？」

「何を？」

「オッドアイの迷信だよ。グローリアでは『戦乱を呼ぶ瞳』なんだろう？」

「聞いたことはあるけれど……」

「グローリアの奴らはさ、自分のところにオッドアイが出ると、こうやって出島のワグナー側に捨てに来る」

クーラントは吐き捨てるように言った。女の子は言葉が聞こえているだろうに、聞こえないかのように必死な顔をしてシラップの果汁を飲んでいる。

「生まれつきオッドアイならまだましだ。その場で殺されるからな。でも、こうやって怪我《けが》や病気で色が変わるとさすがに殺せないんだろう。代わりに捨てるんだ」

「そんな、酷《ひど》い!! でも、そんなことが起こらないようにちゃんと対策が行われているはずなのに……」

「されてないからこうなってんだろ？ こっちはいい迷惑だ。為政者《いせいしゃ》側の言い訳は聞きたくない」

クーラントが忌々《いまいま》しそうな顔で答えた。正論が胸に刺さる。どうしてこんなことになっているのか調べ、同じことが起きないように考えなければいけない。

「……このままにしたりしないわ」

ビクリ、と女の子は体を震わせて、私を見た。

「アリアに何ができるの？ グローリア人は関わっちゃいけない。お優しいワグナー人が拾ってくれるまで、この子はひとりぼっちさ」

クーラントが挑発するように笑った。

「確かに、今まではそうだったかもしれない。でも、これから何かできることもあるかもしれないもの。とりあえずこの子を領事館に連れて行って保護してもらうわ」

まずは今、私ができることをするしかない。

女の子の前に膝をつき、その瞳を覗き込めば、その子はキュッと目を閉じ俯《うつむ》いた。瞳を見られたくないということだろう。こんなに綺麗な瞳なのに、この子はそれを見られることを怖がっている。

「あなた、お名前は？」

子供は目を瞑《つむ》ったまま唇をパクパクと動かす。声が出ないのだ。でも言葉は聞き取れているから、耳は聞こえるのだろう。私は唇を読む。

「……リン……？」

子供はコクコクと頷く。その子の頭に先ほど買ったばかりのスカーフを巻いてやる。

「これで少しは人の目が気にならないかしら？」

そう言えば、リンは恐る恐る薄目を開け私を見た。

「リン。良かったら一緒に領事館へ行きましょう？　ここにいるよりは安全だと思うの」

そう言って手を差し伸べれば、リンは私とクーラントを窺い見た。クーラントが静かに頷けば、その子も決心がついたようでゴシゴシと自分の手を服で拭《ふ》いてから、私の手を遠慮がちに掴《つか》んだ。

小さくて薄くてか弱い手だ。私がギュッと握り返すと、おずおずと握り返してくる子供の手。クーラントは私の持っていた紙袋を小脇に抱え、リンのもう一つの手を取った。クーラントとリンを挟んで三人で領事館へ向かって歩き出す。

「まるで親子みたいだね」

クーラントが笑って、リンも笑った。横道をくねくね歩けば、大きな道が見えてくる。ワグナーとグローリアを分ける大通りだ。

クーラントが突然立ち止まった。

「……やべぇ……」

顔色を変える。

「どうしたの？」

大通りに向けて指をさす。

タクト先生が、息を切らしてキョロキョロと何かを探すように目線を彷徨《さまよ》わせていた。見たこともない必死な形相だ。

「何かあったのかしら？」

クーラントを見れば顔が引きつっていた。

「アリア、ここからは二人で行って」

「どういうこと？」

「理由は先生が教えてくれるっ」

クーラントはそう言うと、紙袋を私に押し付け、パッと身を翻《ひるがえ》し、ワグナー側の細道に逃げ込んでいった。その鮮やかな身のこなしは本当に猫みたいだ。

「アリアさん!!」

タクト先生の声に振り返る。

「タクト先生、何があったんですか？」

言葉の途中で、ギュッと抱き留められる。走ったのだろうか。汗の匂いがする。体が熱い。

「心配しました、本当に、心配したんです」

切羽詰《せっぱつ》まった声に、胸が締め付けられた。

「……どういうことですか？」

「貴女《あなた》が突然いなくなったから」

「クーラント・サルスエラ先輩に、領事に頼まれてと、街を案内していただいていたのですが」

「領事はそんなことを頼んでいません」

「え？」

「貴女は騙《だま》されていたのですね。何事もなくて良かったです」

呆然《ぼうぜん》として立ちすくめば、小さな手がギュッと私の手を握った。ハッとして見下ろせば不安そうな顔で私を見ている。そうだ、今はそんなことにショックを受けている場合ではない。

「ご心配おかけして申し訳ありません。あの、それで、街でこの子を保護したのです」

リンの背を押せば、ギュッと両手で私の腕に縋《すが》りつき目を固く閉じた。

「その子は？」

「オッドアイです」

そう言えば、タクト先生は苦虫を噛《か》みつぶしたような顔をして、ため息をついた。その一言で何があったのか悟ってしまったようだ。同じオッドアイの先生には痛いほどよくわかるのだろう。

「……わかりました、みんなが待っていますから急いで帰りましょう」

タクト先生が辻馬車を呼び止め、私たちはそれに乗り急いで帰路についた。

領事館につけば、ジークが鬼の形相で歩いてきた。

地理に詳しくない王太子が探しに出ると二次被害が出て困るということで、領事館にとどめられていたらしい。無論ラルゴも一緒である。側に控える領事夫妻が苦笑いしている。

ジークがタクト先生の横から奪うように私を引っ張って抱きしめた。

「アリア……！」

「心配をおかけしました」

「ダメだよ、一人で出かけたら」

「本当にすみませんでした」

「君に何かがあったら、僕は何をするか自分でもわからないから、心配させないでくれ」

ジークの言葉にギョッとする。

「殿下、アリアさんは騙されて連れ出されたそうです。あまり責められませんよう」

タクト先生がとりなしてくれる。

「それに、この子を保護してくださいました」

大勢の目に見つめられて、リンは私のスカートの陰に隠れ、スカーフの間から周りの様子を窺った。

「この子は？」

ジークが今までの表情を一瞬で隠し、冷静な王太子としての対応に戻る。

「出島のワグナー地区で……多分捨て子だと思います」

「捨て子？　わが国では養育できない子供は国で保護することになっているはずだ。なのにどうしてこのようなことになっている？」

タクト先生は渋い顔をして説明した。

「お恥ずかしい限りですが……ごく稀にこういうことがあると聞きます。殿下はオッドアイは『戦乱を呼ぶ瞳』と言われていることはご存じですか？」

「ああ、よく聞く迷信だ」

「しかし、ここではその迷信のせいで、不遇な目にあう子がいるのです。グローリアの民として、オッドアイを育てることは世間の目が許さない。国へ預けることもできない。グローリアでは生きられないからと、ワグナーに望みをかけるのでしょう。特に後天的なオッドアイはワグナー地区に捨てられることがあるのです。この子も……きっとそうでしょう」

「そんな馬鹿な」

ジークが呆然として呟く。

「これが現実です」

タクト先生がきっぱりと言い切った。

私は、ギュッと両目を瞑《つむ》ったまま俯いている小さな子供の頭を撫《な》でる。

「ご両親はあなたが嫌いになったわけじゃないわ。でも、ご両親が住む場所であなたが生きにくいから、泣く泣くあなたを手放したのだと思うの」

ジークはじっと私を見てから領事に向き直った。

「通常ならこういう場合はどうしている？」

「サパテアードの森にこういった子供だけを受け入れる私的な孤児院があります。成人まで養育し、その後はワグナー王国へ渡るなりしていると聞きます。しかし、公的に表立っての支援はできかねるのが現状です。その存在を見て見ぬふりをするのが精いっぱいというところです」

「そうなのか」

「領事として申し訳ない話ですが、やはり民の目は厳しいのです。この子はそちらへお願いするしかないでしょう。通常の孤児院に入れれば、同じ孤児同士だとしてもどうしても軋轢《あつれき》が起こります。迷信とは言え、とくに戦乱の度に踏みにじられるここサパテアードでは、たかが迷信と思えないのでしょう。小さなイザコザで身近な者を亡《な》くした孤児もいるのです。関係がないとはわかっていても、怒りは弱者へ向かいます」

「調査しなければならない課題が山積みだな。領事、改めて詳しく教えてくれ。アリア、君は……」

ジークの言葉を聞いて、リンが私のスカートをギュッと掴んだ。見れば不安そうな目を向けられていた。

「あ、あの。私、この子と一緒に孤児院へ行きたいと思います。ジークの婚約者としても見ておけると役立つと思うのですが。……よいでしょうか？」

「……はぁ、わかった。頼んだよ。……君は僕を喜ばせるのがうまくなったね」

「え？」

ジークの言葉は続くにつれ呟きのようになり聞き取れず、聞き返してもジークからは苦笑が返ってきただけだった。

「決して貴族の方が訪れるような綺麗な場所ではありませんが、よろしいですか？」

領事が念を押すように私を見る。

「構いませんわ」

答えれば、リンは嬉しそうに笑った。


それから私はオッドアイの子供を預かる孤児院へ時折遊びに行くようになった。貴族としては簡素だが、町娘のようなワンピースにエプロン姿である。身分を隠し名を伏せたままだが、ここではそれが当たり前なのだろう。手伝ってくれるだけで嬉しいと、嫌な顔一つせず受け入れてくれた。身元を探られるようなことはなく安心した。関わってはいけないものに関わるもの同士、暗黙の了解なのだろう。

サパテアードの町はずれ、少し森へ入ったところにその孤児院はある。孤児院とも言えないような小さな小さな建物は、石造りになっていて昔教会として使われていたそうだ。とても古い建物で、ずっと使われずにいたものを再利用しているようだった。

数年に一度しか現れないというオッドアイの孤児はそもそも数が少ない。教会には十二歳くらいの少年と、十歳くらいの少女、そして私が連れてきた七歳くらいのリン、三人しかいない。全員捨て子のため正確な年齢はわからないのだという。しかも、リンは言葉が話せないようだった。言葉はわかるようだが、返事はジェスチャーでしか返さないのだ。

あとは、子供たちの面倒を見る青年が二人だ。二人の青年は色のついた眼鏡をかけている。もしかしたらオッドアイなのかもしれなかった。タクト先生の眼鏡のような魔法のかかった道具はとても高価なのだ。それに魔法は使えば効果が薄くなる。使った分の魔力を補充できるだけの力がなければただの物になってしまうのだ。魔力を込めてもらうのにもお金がかかるので、魔力のない庶民にはとても手が出せないのである。だからきっと色眼鏡で目の色をごまかしているのだろう。

彼らはとても礼儀正しく、いつでも私たちの来訪を歓迎してくれた。元教会は小さいけれど明るくこざっぱりとしていて、あまり悲壮感はない。子供たちの面倒を見る青年たちの誠実さが表れているようだった。孤児院と言っても私的なここは、公に支援を受けておらず、むろん寄付も少ないことからいろいろな内職を請け負って運営費に変えているらしい。小さな元教会には、結ばれる前のリボンや紙でできた花などがたくさん置かれていた。リンはまだ細かい作業が難しいから、荷物を運ぶといった雑用をしているのだ。

きっとまた捨てられるのが怖いのだろう。この場所に縋りつくように、従順に働く孤児たちは健気《けなげ》でもあり、少し悲しくもあった。

私は少しでも子供たちの気が晴れるよう、お菓子を持って行ったり、ときにはそこで食事などを作ったりした。前世では自炊していたのだ。公爵令嬢に転生したとは言え、その程度はできる。侍女はどこで覚えたのかととても驚いていた。

帰るころにはエプロンはすっかり汚れてしまう。懐いた子供たちが汚れた手のままでエプロンを引っ張ったりするからだ。私はその汚れが誇らしくもあった。リンが頑張っている証拠でもあったし、私も誰かの役に立っているという証拠に思えたからだ。

ある日、そのエプロンについてジークに問いかけられた。

「アリア、そのエプロンは？」

「孤児院で使っているものです」

「こんなふうに汚れるんだね。少し見せてくれない？」

王太子にしてみれば、汚れたエプロンが物珍しいのだろう。私は言われるままにジークへ手渡した。ジークはそれをジッと見て、ラルゴに目配せをする。ラルゴも同じように見て、ジークへ頷き返した。

「この手の跡は？」

「リンのものです。小さいけれどあの子もお手伝いをしているのです。難しいものは無理だから荷物を運ぶなど、雑用みたいなものですけれど」

「そう。これはこちらで洗濯に出しておくよ」

ジークはそう言ってから、エプロンをラルゴに手渡した。

「せっかく夏休みにアリアと旅行へきているのになかなか一緒に過ごせていなくて寂しいね」

急にそんなことをジークが囁《ささや》くから、私は耳まで朱に染まる。それを見てジークは嬉しそうに微笑んだ。


翌日、孤児院に行こうと歩いていると、ジークとラルゴが地図を見ながら相談をしていた。

「アリア、出かけるの？」

「ええ、孤児院に行くところです」

ジークは私の後ろに控える侍女と従者を見て、頷いた。

「この魔法具をつけていくように。少し気になることがあるからお守りだ」

見せられたのは、金細工が美しいペリドットのブローチだった。

「アリアこれを唇に当てて？　魔法をかけるから」

言われるがまま唇に当てる。ジークはブローチを受け取って、それに口づけた。

目の前での間接キスに、顔が真っ赤になる。

「ジーク！」

「最後の魔法付与だよ。これで君と僕がこの石に刻まれた。さぁ、付けてあげるから、顔をあげて？」

ジークは何でもないような顔でいう。ただの魔術なのだ。間接キスなどといって意識してしまう私が恥ずかしい。

赤くなった顔をあげれば襟の中央にジークがブローチを挿した。

「光の加護がありますように。困ったときには僕を呼んで。何があっても助けに行くよ」

光の魔力を持つジークにそう言われて心強く思った。自然と顔がほころぶ。

「ありがとう。行ってきます」

「ああ、気を付けて」

ジークやラルゴは偽造メダルを手に入れるべく、日々タクト先生と街の中を調査しているのだ。内密な調査のため表立ってメダルを探しているとは言えず、証拠として必要な現国王即位の偽造メダルはなかなか見つからないらしい。

ついていけなくてゴメンねとジークは謝っていたが、そもそも仕事が優先だ。私にも手伝えることはないかと問えば、危ないことはしなくていいと言われた。それどころか、クドクドと危険を避けるように諭《さと》される始末だ。仕方がないので、私は大人しく自分のできることをしっかりしようと心に決めた。お仕事頑張ってと言えば、くすぐったそうにジークは笑った。

孤児院につく。今日は二人の青年が出かけているということで、連れてきた侍女と一緒にお昼の準備を手伝っている。従者は子供と庭の畑に水やりに行っていた。

小さな厨房《ちゅうぼう》で、コトコトと煮込み料理を作る。たくさん作っておけば温め直して何度か食べられるので、煮込み料理は重宝されるのだ。

クイクイとエプロンを引かれて振り向けば、リンが笑っていた。肩にはあげたスカーフを三角に結んでいる。相変わらず手が汚れていて、エプロンにはリンの指跡がついた。その跡が一瞬キラリと光って見えた。なんだろう。

「どうしたの？」

聞けば、掌《てのひら》を開く。小さな掌には小さな金のかけらが乗っていた。

「わぁ！　綺麗ね？」

感嘆すれば私の手に押し付ける。

「くれるの？　でも、どうしたの？　あなたの大切なものではないの？」

クイクイとスカートを引かれる。案内してくれるようだ。

「少しリンと出てくるわね」

侍女にそう言えば、ごゆっくりと答えが返って来た。

私はリンについて教会の裏手にまわった。いつもは閉じられている裏口のドアをリンが開ける。その裏口のドアは地下に向かって階段がのびており、その中へリンは降りていった。

「リン？　大丈夫？　勝手に入ってはいけないわ」

リンは振り向いて、手で招くようにして笑った。大丈夫という意味なのだろう。

人一人通れるだけの階段をリンの背中を見ながら数段降りる。

小さなドアを潜《くぐ》れば、そこにはたくさんの金色が広がっていた。天井近くに横長の細い明かり窓がある。そこから降ってくる薄い日差しが、金色を照らしてチラチラと光る。半地下なのだ。小さくまとめられたメダルは、多種多様だ。その横にはまだ鈍《にぶ》い色の同じメダルがある。

よく見ればテーブルの代わりに使われている石は大昔の棺《ひつぎ》のようで、側面には装飾が彫り込まれている。指でなぞれば古《いにしえ》の守護の紋章であることがわかった。古くからここはグローリア王国の統治下に治められていた証《あかし》である。

リンはにこにこと笑って、メダルの下に無造作に捨てられている金箔のくずをすくいあげ、先ほど私に見せてくれた金の小石に擦《こす》り付けてギュウギュウと押し付けて見せた。

リンの持っていた金の小石は、金箔を付けた石だったのだ。

私は、金色に光るメダルと、鈍く光る着色前のメダルを手に取った。現国王が即位したときに作られた記念メダルを模倣したものだ。

——偽造メダルのアジトなんだわ！

その時、戸外に話し声が聞こえた。私は慌《あわ》てて二枚のメダルをリンのポケットに入れ、スカートの陰に隠した。

「ここに隠れていなさいね」

リンに言い聞かせれば、大人しく頷いた。

ガチャリとドアノブを回す音。石の階段を降りる靴音が響く。一度止まって、この部屋のドアノブが回る。

「鍵が開いてるぞ」

「リンに荷物を運ばせたからな」

「アレは口がきけなくて便利だ。何をやらせたって誰にも言えない。字も書けないしな」

クックツ笑いながら入ってくる男の声が二つ。色眼鏡をかけた青年たちの声だ。人のよさそうな顔をしながら、リンをそんなふうに思って使っていたのかと思うと腹立たしい。

男たちは壁に背をつけて佇《たたず》む私を見て、ギョッとした。そして、お互いに顔を見合わせ、いびつに笑う。

「おや、……リンを連れてきたお嬢さんだ」

「こんなところでどうしました？」

ヘラヘラと笑いながら二人は私の顔を見た。

「探し物をしていて迷い込んでしまったの」

努めて平静を装って答える。

「そう。それで探し物は見つかりましたか？」

男たちも笑顔を崩さずに答えた。

「ええ。すぐに出ていくわ。まだ厨房も片付けていないから」

「そういうわけにはいかないとわかるだろ？」

「意味がわかりません」

答えれば、二人の男が手を伸ばす。

私は、風の魔法でつむじ風を起こし、部屋中に散らばったチリをまき散らす。視界を遮ってリンを逃がせればそれでいい。

「リン、逃げて!!」

リンがスカートの後ろから躍《おど》り出て走り出す。部屋中が金の風に輝いて、積み重なったメダルがガラガラと崩れた。

「オイ！　待て!!」

「いや、アイツはほっといていい、どうせ誰も呼べやしないんだ」

風の吹きすさぶ部屋の中で二人の男に取り押さえられる。さらに強い突風を起こせば一人の眼鏡が落ちた。その両目は赤く燃えている。

「あなたたちはオッドアイじゃないのね!?」

私の声に、男たちは小さく笑った。

「その通り。勘違いさせてたなら申し訳ないね。アイツら便利なんだぜ？　アイツらがいるって言えばだれも寄り付かないし、同じ仲間だと思わせておけば、何でも言うこと聞いて。必死なんだよな。ここを失ったらアイツらだって生きてはいけない。アンタもわかるだろ？」

「だからってやっていいことと悪いことがあるわ」

「悪いことをしてるって気が付いたわけだ」

「っ！」

ギリギリと腕をねじり上げられるが、唇を噛んで痛みに耐える。

「泣きもしないか。強い女は可愛くないって言われないか？」

男の一人が笑った。ズキリと胸が痛む。ゲームの中のジークもそう言っていた。アリアは強いから、僕がいなくても大丈夫だと。

違う。強がっているだけだ。弱いところを見せて嫌われたくないだけ。王太子妃として相応《ふさわ》しくないと言われたくないだけで、本当は。

――ジーク。助けて！

心の中で叫ぶ。そのとたん、首元のブローチがホワリと熱を帯びるのがわかった。ジークだ。ジークに思いが通じる。ジークが助けに来てくれる。

助けて、見つけて、私を探し出して。思えば思うほどブローチが熱くなってくる。

「でも、そのきつい性格、殺すには惜しい。悪役側《こっち》には向いてるな。なぁ、アンタが黙ってくれさえすればリンだって幸せになれるんだ。ちょっと、家出してもらおうか。そうしたら命までは取らないぜ？」

「……私が家に帰らなければ、ここに残って誰にも話をしなければ、リンは幸せになれるの？」

「ああ。アンタも死なない。リンも幸せ。俺たちだって幸せさ」

二人の男はニィと笑った。

「アンタは探さないでと手紙を書いて、そのブローチを添えるだけでいい」

不躾《ぶしつけ》にブローチへと伸ばされた手に身をよじる。

「嫌よ。そんな汚れた手で触らないで！　ジーク!!　助けて!!」

「助けなんて来ないさ」

男の汚い手がブローチに触れた瞬間、バチリと電気の爆《は》ぜるような音がして男が驚いた顔をして私を見た。

「まさか、魔法具か!?　なんでそんなものを！」

ドタバタと足音が響き渡る。バンと木の扉が破られる音が響き、そこから眩い光が差し込んでくる。

ジークだ。

黄金の髪は怒りに膨らみ、緑の瞳が冷酷に男たちを射る。まるで怒れる黄金の獅子《しし》である。背には漆黒の従者ラルゴを従えている。ラルゴは土の魔法を使い、男たちを逃がさないようにするためか、私たちの周囲に壁を作った。土の包囲網である。

男は私を後ろ手にして隠し持っていたナイフを首筋に当てた。白金の切っ先が光っている。私を盾として使うつもりだ。もう一人の男は私の隣で腰に帯びていた剣を抜いた。

「女がどうなってもいいのか？　その土壁をどけろ」

ラルゴが一瞬戸惑ったようにジークを見た。

それを見てジークは薄く目を細めた。ゾッと背筋が凍る。マジマジと室内を見渡し、積み重なったメダルの山を認める。

「いい度胸だ」

ジークがスラリと右手を上げると、その背に無数の光の矢が現れる。そしてユックリと手首を回すと、その矢は私たちに標準を合わせた。

「女もろともやる気か！」

私の背に隠れた男が叫ぶ。

ジークは穏やかに笑った。そして確かめるように大きな瞬《まばた》きを二回。その行動に、ふと昔のことがよみがえった。

その笑顔を見て私ごと射るのだと理解した男たちが、逃げようと私の手を放し背からまろびでる。

瞬間、パチンとジークの指が鳴り、同時に無数の光の矢が私たちめがけて飛び出した。私はギュッと目を瞑り、ただただ微動だにしないよう踏ん張る。ペリドットのブローチから淡い緑の光がこぼれだし、フンワリと優しく私を包み込んだ。魔法具のシールドが発動したのだ。

電撃の弾《はじ》ける音と、焦《こ》げた匂い。雷の矢がさく裂した。

「良かった、無事で……」

ギュッと力強く肩を抱かれる感覚に、恐る恐る目を開く。ジークが心配そうな顔をして、私の顔を覗き込んでいた。近すぎる距離と、まじまじと確認する緑の瞳。思わず動揺して、カッと顔が火照《ほて》る。恥ずかしさで目をそらせば、足もとには転がる二人の青年。きっと電気ショックで一時的に気を失っているのだろう。靴は焼け焦げ、服の一部も焦げていた。ジークの一撃である。

初めて目《ま》の当たりにしたジークの逆鱗《げきりん》に、バクバクと心臓が音を立てている。

「怪我は？」

「……あ、ありません……。私は大丈夫です」

ようよう答えるけれど、足はガクガクと震えている。縋るようにジークの腕を掴む指さえ、震えが止まらない。

怖かった。もう帰れないかと思った。

震える腕をジークが撫でる。手首から肘《ひじ》にかけて袖の上からやんわり往復する。その優しさにホッとして、恐怖と緊張が解かれていく。ジークの腕を掴む指をジークが一本ずつ外した。こんな風に縋るのは迷惑だったかと、慌てて手をひこうとすれば、指と指の間にジークの指が絡《から》まり、ギュッと握りこまれる。そして、少し荒々しく引っ張られ、背中にジークの腕を感じた。ジークの胸に顔を埋《うず》める形になり、彼の香りに包まれてほっと息をつく。重なり合った胸が温かい。安心する。

「気付くのが遅くなってしまった。昨日のエプロンがキラキラと光って見えてね、気になって調べていた。付いていたのが金だとはっきりしたのは先ほどだったんだ。慌ててこちらへ向かえば、リンが侍女と従者に何か訴えているところだった」

あのエプロンを見た時点でジークは怪しんでいたのか。

「怖い思いをさせてすまない」

「そんなこと。助けに来てくれて嬉しいわ」

精一杯強がって、震える声で答える。

「僕の前で強がらないで。アリア」

囁く声が耳を撫でる。無理していると気づかれていた。そのことに胸が震える。王太子妃候補として情けなくなると同時に、本当の自分をジークが見てくれたことが、そしてそれでも呆れないでいてくれることが泣きたくなるほど嬉しい。

「手は、背中に回すものだよ」

諭すようなジークの声に、おずおずとジークの背中に手を回した。ジークがギュッと強く抱き締め返す。

「強い君は美しい。でも、もっと僕を頼って……」

ジークの深い声に顔をあげれば、そこには捕食者の煌《きら》めきで私を見つめる緑の瞳があった。恐れと、なぜか感じる喜びに目を逸《そ》らせない。

コホン、とラルゴが咳払《せきばら》いをした。

ジークは惜しかったね、なんて笑う。

「殿下！　ご指示を」

ラルゴの指示を仰ぐ声で、ハッとする。恥ずかしさで真っ赤になれば、ジークは惜しかったね、なんて笑う。

「この二人は拘束して、城へ連れていけ。この教会は閉鎖し捜索。文書はすべて調べる」

ラルゴは小さく頷いて外へ指示を出しに行った。

「アリアのおかげだよ。リンが僕にメダルを見せてくれた。現国王即位の偽造メダルだ」

ラルゴと入れ違いにリンが駆け込んでくる。ギュッとスカートに抱きついて顔を埋めた。

「リン、ありがとう。あなたのおかげで助かったわ」

ポンポンと背中を撫でてやる。涙を浮かべるやせっぽちで軽いリンを抱きしめながら、私は安堵《あんど》の息を吐き出した。

それからリンを連れて帰り、一連のことを報告する。オッドアイの不遇に付け込んで、道ならぬ仕事をさせていること。それは、オッドアイが他に仕事を得られないことに原因があることを話す。

サパテアード辺境伯は苦い顔をした。

ジークは辺境伯を見た。

「今回の件で偽造グループは捕まえたが、きっと同じようなことはこれからも起きるだろう。結局そうでもしなければ、オッドアイの人々は生きていけないのだから」

「返す言葉もございません。しかし、サパテアードとしては」

「まぁ、難しいだろう。卿《けい》が彼らを公に支援した場合、何か小競り合いが起こったときに民の不満は卿に向かうだろうからな」

「おっしゃる通りです」

「では、当面、私が名を伏せ個人で支援しよう」

ジークが当然のことのように言えば、サパテアード辺境伯は驚きの目でジークを見た。

「あの教会は古いものだ。放っておくのも忍びない。修繕と保存を大義名分にして当面の仕事を用意する。眼鏡も用意させよう」

「私もお手伝いします！　させてください！　そしてあの子たちに学びを与えてやりたいのです」

「では、アリア。二人の教会にしよう」

政務用の顔を一転させて、ジークが微笑む。その微笑みがまるで春の日差しのように煌めいて、背中には花々が咲き誇ったような幻覚までも見える。

あまりの美しさに、サパテアード辺境伯までもが言葉を失って、信じられないものでも見たかのように目を見開いた。

ラルゴが咎《とが》めるように小さく咳払いをすると、ジークは表情を引き締めた。ジークは見惚《みほ》れていた私に気づき、目だけで笑って見せる。その視線に、ドクンと心臓が撃ち抜かれた。私は真っ赤になった頬を隠すように両手で押さえた。

♪


今日はサパテアードでジークとデートである。偽造メダルの問題も片付き、後は辺境伯に任せることとなった。そこでジークもサパテアードに来てやっと夏休みらしい時間が取れたのだ。

「アリアのおかげで事件が片付いたからね。二人でお忍びデートをしよう」

ジークに初めてデートに誘われて浮き立つ心。なんてご褒美なのだろう。ジークと出かけるときにはラルゴがいつも一緒だったからだ。もちろん完全に二人きりというわけにはいかないが、警備の者は少し距離を取ってくれることになっていた。

町人のような身分を隠した格好で、サパテアード城下町の中央広場まで馬車で出る。そこからは馬車を降り、街歩きだ。

広場には手押し車に品物をのせた小さなお店や屋台が出て賑《にぎ》わっている。サパテアードは王都と違って海が近い。海産物の豊富な街だ。屋台では、串に刺されたタコや、網の上で焼かれた貝などが美味しそうな香りで私たちを誘っている。子供たちが走り回り、賑やかな広場では大道芸人たちが巧みな技を披露している。誰も私たちのことは気にしていない様子だった。

「アリア」

自然に差し出されるジークの手。少し戸惑いながらその手を取ると、ジークはギュッと握り返してくれた。まるで本当の恋人同士のようだ。嬉しくて思わず頬が綻《ほころ》んだ。そんな私を見てジークも笑う。

小さなお店を見て回る。護衛たちが先に試食した屋台では食べ物を買ってもよいとジークは言った。今までにないことで特別な配慮をしてくれたのだと嬉しく思う。

「アリアは何がいい？」

「ジークは？」

「僕はいいから、アリアが食べてみたいものを教えて？」

そんな些細《ささい》なやり取りが、まるで恋人同士のようでなんだかとてもこそばゆい。

せっかく、サパテアードにいるのだから王都では食べられないものをと、二人で相談して炭火で焼かれた貝を食べてみることにする。マテ貝のように細長い貝を串にさし、オリーブオイルと塩コショウで味付けしただけのシンプルなものだ。焼きたての貝の身はテラリと光り、ホカホカとおいしそうな湯気を立てている。

串に直接齧《かじ》り付くだなんて転生してからは初めてである。うまく食べられるだろうかと、少し不安に思った。

「はしたないでしょうか？」

「今日くらいは許されるよ」

ジークが笑い、二人で歩きながらそれを食べることにした。前世は庶民だった私にすれば、食べながら歩くことなどわけないのだが、ジークは少し難しいらしい。ジークのために広場の隅《すみ》に腰かけて、ゆっくりと食べることにした。

　食べにくさに戸惑う姿が新鮮で思わず笑う。

「唇の端が汚れていいます」

「どこ？」

「ここです」

　指先でジークの唇を拭《ぬぐ》えば、彼は照れたように笑った。まるで新婚夫婦のやり取りのようで、私まで照れてしまう。

「アリアは公爵令嬢のわりに上手に食べるね」

　指摘されてドキリとする。

「た、たまたま上手にできただけです」

「君は何でもそつなくこなすから、僕はたまに嫉妬してしまう」

「まぁ、ジークったら！　ジークの方が何でもできるから、私はおいていかれないようにいつだって必死なんですからね！」

「アリアが必死だなんて、信じられない」

「いつも必死です」

　そう答えればジークは可笑《おか》しそうに笑う。二人で笑いあって幸せな気分だ。食べ終わって広場のゴミ箱に串を捨て、今度は何をしようかと相談しながらきょろきょろと歩く。

「そこの恋人さんたち！」

突然大道芸人に声をかけられ驚いた。私たちは恋人に見えるらしい。そのことが少し嬉しかった。

ジークがその声に足を止める。

「二人の永遠の愛に歌を贈らせておくれ！」

言うが早いか、バイオリンが鳴らされて側に立つ歌手が歌いだす。どうしたらいいのか戸惑ってジークを見れば、ジークはニッコリと微笑んで私の腰を引き寄せた。

「懐かしい歌だね」

耳元で囁くジークの息が熱い。

「え、ええ。王都でもよく聞く歌です」

結婚を祝う昔からある歌で、誰でも知っているものだから、周りの子供も一緒になって歌いだす。それがなんだかこそばゆい。一曲終わったところで拍手喝采《かっさい》。まるで私たちの結婚が祝われているような錯覚を覚える。

ジークはご機嫌な顔でチップを大道芸の箱に入れた。私も慌ててそれに続く。大道芸人にチップを渡すことも初めてで楽しい。大道芸人は大仰《おおぎょう》に喜んでお辞儀をし、自分の胸に挿してある硬い蕾《つぼみ》の薔薇をジークに手渡した。

「お二人さんたち。旅の方かな？　だったら精霊の丘に行くといい。大昔の礼拝堂跡があるんだが、そこを一緒に潜《くぐ》った恋人は幸せになれると言い伝えがあるんだよ」

それを聞いたジークは興味津々《しんしん》の顔を私に向けた。

「行ってみようか。アリア」

「いいの？」

私となんて行ってもよいのか戸惑いを隠せずに確認する。

「もちろん！」

場所を聞き精霊の丘を目指す。こんもりとした小さな丘には丈の低い緑の草が生えていた。その天辺には礼拝堂跡と思われる塔がぽつんと立っている。それ以外には何もない。塔に向かって石畳の小道が一筋延びている。丁度二人で並びあって歩く分だけの細い道だ。見晴らしのよい丘には、人の気配はなかった。精霊の丘を二人で登る。爽やかなそよ風と、オレンジに染まりだした夕焼けの空。ジークの髪が風に撫でられ、夕日を受けてチラチラと光る。

塔の正面で足を止める。塔は長方形の箱を立て段々に積み重ねたような形をしていた。古いレンガ造りの塔はそれほど高いものではない。尖頭《せんとう》アーチの入り口から、そのまま反対側の尖頭アーチへ抜けられるようになっていた。二人でマジマジと塔を眺める。尖頭アーチの上には、古い文字が刻まれていた。

「「光の塔……？」」

二人で声を合わせた瞬間、塔の奥から突風が吹き抜けた。驚いて目をみはれば、出口側のアーチの尖《とが》った頂部にオレンジ色の光が差し込み灯《とも》る。沈みゆく太陽が作り出す幻想的な光景だ。

「綺麗……」

思わず呟けば、ジークがつないでいた手をギュッと握った。

「入ってみる？」

頷いて中に入れば、壁側に石のベンチが据え付けられていた。長い間何人もの恋人たちが腰をかけたのだろう。丁度二人分、石がすり減っているのがわかる。見上げれば天井はなく、頭上には茜《あかね》の空が広がっている。

「座ろうか？」

「はい」

ジークに促されるままに並んで腰をかける。小さな塔の狭いベンチ。二人で座るのが精いっぱいだ。少し身じろぎしただけで触れ合ってしまいそうで、ドキドキとする。

「サパテアードはどうだった？」

薄い暗がりの中でジークの声が反響する。

「とても、とても楽しかったです！　知らなかったことをたくさん知ることができました」

「うん。僕もとても勉強になった。来てよかったと思うよ。もしアリアがここへ来ると言わなければ、僕は来ようと思わなかっただろうから、アリアには感謝している」

優しく微笑まれ、なんだかとてもおもはゆい。私の方こそジークには感謝しているのだ。

「大冒険もしちゃいました」

教会で助けてくれたジークを思い出し、頬が綻ぶ。

「怖い思いをさせてごめん……。でも、二人だけの合図を覚えていてくれて嬉しかったよ」

「瞬き二回は動かない、ですね。私もジークが助けにきてくれて嬉しかったわ」

子供のころを思い出して笑えば、ジークもつられたように笑う。

「じゃあ、もう一つ、懐かしいものを」

ジークはそう言って先ほど大道芸人からもらった薔薇の蕾を胸のポケットから取り出した。

「これを手で包んで」

私はその薔薇の蕾を両手で包み込んだ。ジークは私の両手を包み込んだ。

大きくて温かい手から、ジワジワと心を満たす波動が溢《あふ》れてくる。掌がホンワリと光り輝き、幸せな気持ちでいっぱいになる。耳元の髪を揺らすジークの吐息。ジークで体中がいっぱいになってしまいそうだ。クラクラとする。

掌の中でサワサワと何かが揺れ、恐る恐るジークを振り返れば、ジークはいたずらっ子のような眼で笑った。

「開けてごらん？」

ジークに促されそっと掌を開けば、そこには薔薇がほんのりと紫の光を帯び、花開いていた。

「……え、どうして？」

「あれは特別な種類の薔薇ではないんだよ。普通の薔薇に魔法をかけただけなんだ」

初めてジークが紫の薔薇を咲かせた日。昼下がりのガラス張りの温室で、私たちは向き合って小さな蕾を包み込んだ。その時は今とは逆に、ジークが薔薇を包み込み私がジークの掌を包んで、花が開きますようにと願ったのだ。そして無事に花開いた紫の薔薇を、ジークが手折《たお》って私の髪に挿してくれた。その美しい薔薇には棘《とげ》があって、髪に絡みついて外れなかったことを思い出す。困って泣いてしまって、ジークとラルゴが必死に髪から外してくれた幼かったあの日。

ジークは今開いたばかりの紫の薔薇を手に取って、私の耳に薔薇を挿した。あの日と同じように。

冷たい薔薇の感触。熱いジークの指先が私の耳を掠《かす》める。

「……アリア」

熱っぽい声と共に、顎《あご》を持ち上げられる。無理やりにジークと向き合う形にさせられる。トロリとした緑色の瞳が柔らかく私の瞳を捕らえる。私はただただその美しさに捕らわれて、見つめることしかできない。

「目を……瞑って？」

ジークの声にハッとして目をそらす。胸に響く煽情《せんじょう》的な声。この声に抗《あらが》うのは至難の業だ。

「……ダメよ、ジーク」

「どうして？」

「だって……まだ」

「まだ婚約者だから？」

ジークのため息に無言で頷けば、コツリとおでことおでこが触れ合った。

「もう婚約者だからいいでしょう？」

幼げな声で強請《ねだ》るように言うから、クラクラと眩暈《めまい》がする。

「ここには誰もいないよ。怖い宰相も、ラルゴも、誰にもわからない」

「……ジーク」

「僕には君が必要だ」

熱に浮かされたような声に、胸の奥がギュッと痛くなる。近すぎる距離にグラグラと頭の中が沸騰する。このまま流されてしまいたい。

好き。ジークが好き。思いが膨れ上がる。

令嬢としてふしだらでもいい。だって私は、ジークと結ばれることはないのだ。もうゲームで決まってしまっている。だったら最後の想い出にキスぐらい貰っても。そう思ったら目じりに涙が滲《にじ》んだ。

「でも、やっぱり、……いけないわ。ジークは王となる人だから、過ちなど許されません」

正論じみた言い訳。そんなのは本心ではない。キスなんてしてしまったら、きっと忘れられなくなってしまう。離れなくてはいけない未来が待っているから、これ以上好きになってしまうのが怖いのだ。

グリグリと鼻が擦り合わされて、ジークのため息が唇をくすぐる。触れそうで触れない距離。鼻の先にジークの熱い唇が触れる。そして、左右の目じりに柔らかい唇が落ちた。涙を吸い上げるリップ音が切なく響く。

「泣かせたいわけじゃなかった」

「可愛げのない女でごめんなさい」

言えば、ギュッと抱きすくめられる。

「そんなことないよ。すべて王太子たる僕のためでしょう？」

コクリと頷く。

「でもね、たまにとても怖くなる。君がどこかへ行ってしまうのじゃないかと」

抱き締める腕に力を込められる。言葉が、腕の力が苦しい。

「僕から逃げようとしないで。アリア」

「私はいつでもジークの御心に従います。安心なさって？」

そう答えればジークは少し切なく笑った。そんな顔をさせたかったわけではないのだ。ジークの背中に手を回し、ギュッとジークを抱きしめる。ジークは驚いたように息を飲んだ。気恥ずかしくなり、そっと手を放す。そうすれば、ガッカリしたようなジークのため息。

「あのね、渡したいものがあるのです」

私はそう言って、ジークから離れ、おずおずとポケットから小さな包みを取り出した。ジークがそれを見て小首をかしげる。

「出島でのお土産……なんですけれど……受け取って頂けるかしら?」

恐る恐る差し出せば、ジークは艶《あで》やかに微笑んだ。その笑顔に心臓がキュンと音を立てる。

「開けていい?」

「もちろん」

リボンを解いて小箱の蓋《ふた》を開ける。そこには私が出島で買った紫色の薔薇の刺繍が施されたタイとポケットチーフが入っていた。

「アリアの瞳の色と一緒だね。嬉しいよ!」

そう言われて頬が火照るのがわかった。紫の薔薇からジークを連想したから選んだだけで、特に自分の瞳の色を意識したわけではなかったのだ。結果的に自分の色のものを贈ってしまっていた。そのことが少し恥ずかしい。しかし、ジークが喜んでくれたから安心した。

「短くても楽しい良い時間が過ごせたよ、ありがとう」

ジークのこぼれるような微笑みに嬉しくなる。

「私も楽しかったです」

いろいろな事件もあったけれど、サパテアードに来てよかった。

私とジークは微笑みあった。ジークが立ち上がり手を差し伸べる。私はその手を取った。そうして二人で手を取り合って光の塔を潜り抜けた。恋人同士で潜り抜ければ幸せになれるという光の塔。

ジークが幸せになれますように、私は小さく祈りを込めた。

夕焼けがとても綺麗で、それに照らされるジークは、もっと綺麗だった。

♪

長かった夏休みも終わりが近づき、とうとうサパテアード最後の夜が始まる。サパテアード辺境伯の意向で小さな夜会が開かれることになったのだ。お忍びではあったが、王太子が滞在していたことをサパテアードの有力者にのみ知らせる意図がある。

私は事前に出席者リストを辺境伯から見せてもらい、一通りメンバーを覚えて臨むことにした。

出島で買った布でドレス用のリボンを新たに作らせた。ドレスを新調することは叶《かな》わなかったので、せめて手持ちのドレスにあうようにと、地元のメゾンにお願いしたものだ。上質な光沢を帯びる白い絹は、帯のように太く、細かい紫の薔薇の柄が刺繍されているものだ。ジークに贈ったポケットチーフと同じ布である。

ジークはそれを見て目を眇《すが》めた。ジークは黒い燕尾服《えんびふく》に、私の贈ったタイとポケットチーフを身に着けていた。早速使ってくれたのだ。自分が選んだ物を大切な席で身に着けてもらえて、私はとても嬉しかった。

ワグナー人もグローリア人も招かれた夜会は、今までにない熱気に包まれていた。

ワグナー人は値踏みするように私たちのことをマジマジと見た。グローリアの王都から貴族が来ることは稀《まれ》だからだ。不躾な視線に心は怖気《おじけ》づいたが、表面上は何でもないことのように取り繕い微笑む。それが仕事だと躾けられてきたからだ。

エスコート役のジークがいつもより力強く見える。ピンと張られた背筋。王冠など被らなくてもプリズムのように輝く黄金の髪。柔らかくも意志のある瞳は、エメラルドの煌めきだ。

「サパテアードはいかがでしたか？」

タクト先生は私たちに声をかけてきた。

「いろいろと勉強になりました。王都では目にすることもなかった問題なども、身近に感じることができ考えさせられました」

ジークが答えると、タクト先生は意を決したように眼鏡を外した。金と銀がギラギラと光を放つ。色違いだから、光の強さが違って不思議に綺麗だ。

会場中がどよめく。グローリア人の小さな悲鳴すら聞こえた。それに呆れるようなワグナー人のため息。これが、タクト先生が故郷で受けて来た仕打ちなのかと会場の空気に私はゾッとする。

サパテアード辺境伯を見れば、さすがにあからさまに態度には見せないが、目の奥が動揺しているように見えた。隣に並ぶ辺境伯の妻は勝気な瞳でジークを見ていた。きっとこれはジークに向けられた試練だ。グローリアの王族が、オッドアイに対してどのような態度を見せるのか、今試されているのだ。

私も窺うようにジークとラルゴを見る。二人は驚くかもしれないと思ったのだ。

ジークは平然とした顔でタクト先生を見て笑った。何も憂うことのない王者の微笑みだ。動揺など微塵《みじん》も見せない堂々たるものである。

「このような目のことも？」

タクト先生の問いに、ジークは力強く頷いた。

「愚かな迷信に振り回されるつもりはありません」

ワグナー人もグローリア人も王太子の言葉に大きく感嘆した。タクト先生は周囲の反応を見て安心したかのように微笑んだ。

「殿下のおかげでこの町も変わっていくように思えます。特にリンや私のようなものが過ごすうえであの教会の存在は大きなものとなるでしょう。これからが楽しみです」

タクト先生の言葉に、ジークが頷く。私はそれを見てホッとした。

ジークの差別のない反応が、ワグナー人の心を揺さぶったのだろう。ワグナー人の視線が柔らかくなった。ジークはたくさんの人に囲まれてゆく。

私もたどたどしいワグナー語で、ワグナーの賓客《ひんきゃく》と会話やダンスを楽しんだ。ワグナーの布で作ったリボンのおかげもあったと思う。リボンが話題を呼び、人が集まって来たのだ。

その中にクーラントがいた。あの日以来会っていなかった彼は、今夜は正装でひときわ目を引く。夜会の中でも明るい瞳は、猫の目のようにキラキラと光を放っていた。たくらみを含んだ視線にグッとおなかに力を入れた。

この人は私を騙した人なのだ。

私の警戒心を読んだように、ニヤリとクーラントは微笑む。

「素晴らしいドレスですね。グローリアの社交界でワグナーの布をお召しになる方を初めて拝見いたしました」

白々しい笑顔と共に、慇懃無礼《いんぎんぶれい》に話しかけられる。

「時間がなかったのでリボンだけですがこちらで誂《あつら》えましたの。出島で良い生地を見つけましたから。今度はドレスも誂えてみたいと思っていますわ」

私も白々しく答える。クーラントはそっと声を小さくして、くだけた調子で笑った。

「知ってる。一緒に買いに行ったんだから」

「あなた、私を騙したわ」

「でも楽しかっただろ？」

「楽しかったけど、でも」

「なら、いいじゃない。君と仲良くなりたかっただけなんだからさ。もうそんなことしないから、そんなに怒らないで、一曲くらい踊ってよ」

悪びれずクーラントは小さく笑った。人を騙したことに全く反省する気もない様子に不快になる。

私は差し出された手に首を振った。

「信じられないわ」

「グローリアよりワグナーのほうが似合うよ」

クーラントの言葉に意味を図りかねて、瞬きすればニヤリと笑う。

「学園なんかやめちゃって、こっちへおいでよ」

誘惑するような瞳。結婚相手を探しに来たというのは冗談ではなかったのか。それともこれも冗談なのだろうか。それにしても、騙したことを謝るでもなく、こんな冗談を言うなんて馬鹿にしている。

「どなたが信用できるかは自分で判断いたします。あまり侮《あなど》られませんよう」

きっぱりと言い切って、ドレスの裾をそっと摘《つま》み、優雅に淑女の礼をする。顔をあげてクーラントを見つめ、悪役令嬢らしい凍れる微笑を返した。

クーラントは驚いたように目を見開き、そして悔しそうに唇を噛んだ。

「……これは失礼しました」

クーラントは、そう言って踵《きびす》を返して去っていった。

様子を見ていたのだろう。ジークが側までやってきて囁いた。

「アリア、君はどうしてなかなか……おっかない」

「ジークほどではございませんわ」

ジークの軽口に、私も軽く答える。すると、ジークは真面目《まじめ》な顔で私を見つめた。

「君には自覚がないようだが、君は王太子妃になる者としてとても期待されている。僕もそう思っている。王太子妃は君しかいない」

突然の言葉に戸惑ってチラリとジークの流す目線の先を見れば、微笑ましいものでも見るような人々の顔が見えた。

「一曲踊って頂けませんか？」

タクト先生が右手を差し出した。ダンスの申し込みだ。ジークを見れば、行っておいでと頷く。私は先生の手を取った。

それに合わせて室内の楽団が音楽を奏で始める。サパテアードの明るく壮快な舞曲だ。

「ありがとうございます。アリアさん」

「お礼を言われるようなことはありませんわ」

「いいえ。私は貴女の言葉で救われました。ずっと忌《い》まわしいと言われていた瞳を、貴女は一度もそんな目で見なかった」

「だって綺麗ですもの」

答えれば先生はくしゃりと笑う。スチルでも見たことのない幼い笑顔に胸が跳ねた。

「それにオッドアイも救ってくれた」

「それはジークだわ」

「そんなことはありませんよ。私は貴女を王城の飾りにするには勿体《もったい》ないと感じました」

タクト先生はジッと私を見つめた。太陽と月が見ている。ゾクリとするほど美しい。しかし、不敬に近いギリギリな言葉だ。

「……どういう意味ですか？」

タクト先生は音楽に合わせて私を引き寄せ、私の耳元に囁いた。

「今はまだ伏せられていますが、私の本当の父は辺境伯です。この目が原因で一度養子に出されたのですが、辺境伯家に戻ることになりました」

「！　良かったですね！」

「ええ。本当に」

先生は笑った。音楽が終わる。私たちは向き合ってお辞儀をした。

入れ替わるようにジークが手を差し出してくる。その手を取れば、ジークはギュッと手を握った。ダンスにしては力強くて驚く。教会で抱きしめてくれたジークの力強さを思い出して顔が火照った。恥ずかしくて思わず視線をそらす。

「ちゃんと、僕を見て？」

強請るようなジークの声にそろそろと視線をあげる。視線が絡み合う。思わず再び視線を外せば、ジークが優しく名前を呼んだ。

「アリア」

小さく息を吸って、気持ちを整える。そうしてもう一度顔を上げ、ジークの肩に手を置いた。すると、ジークは満足げに頷いて私の腰を強く引いた。音楽に合わせて、自然と滑り出すステップ。やはりジークのリードが一番好きだ。誰よりも息が合い、誰よりも踊りやすい。くるくると回るターンも、彼の胸に抱き留められると思えば安心なのだ。

クルリと最後のターンを決めて、ジークの胸の中にすっぽりと納まる。ここがまるで私の定位置みたいだ、そう錯覚し切なくなった。ジークの緑の瞳に私が映り込む。

「アリア。……君は特別だ」

心臓にまで達する深い声に貫かれて、意識が遠くなりそうだ。声までもが完璧なジークによろめいて足がもつれる。そんな私の腰をジークが強く引いた。意図せずのけ反る私の首元に、ジークの顔が近くなる。

「忘れないで」

ジークの囁きが首筋を撫で、心を乱され言葉を失う。ただ頷いて、縋るようにジークの腕を強く握れば、彼は満足したように微笑んだ。


こんなジークを見てしまうと、本当に彼から婚約破棄されるのだろうかと思わず考えてしまう。違う未来があるのではないかと、夢を見てしまいたくなる。しかし、それはあり得ないのだと自分に言い聞かせた。

ジークと一緒にいられる時間は、あとどれくらいあるのだろうか。すでにカウントダウンは始まっているはずだ。

結末がどうなるかはわからないけれど、ジークだけは幸せであって欲しいと、そうするためには私はどんなことでもしようと、改めて決意した。

第三楽章　夢色のカノン

楽しかった夏休みが終わり、二学期が始まった。

サパテアードでは、危険なこともあったけれどジークとたくさんの幸せな時間を過ごすことができた。知らなかったワグナー王国のことや、サパテアードの実情を知り、改めて勉強しなければならないことも多いのだと学んだ。そして、ジークと二人きりの時間を過ごし、頼もしさと優しさを目《ま》の当たりにした。そのせいで、ジークへの思いがさらに募《つの》り少し辛《つら》くはある。

ジークとラルゴは相変わらず優しい。あまり破滅フラグが立っていないと感じるのだが、これからなのだろうか。

学園内でクーラントを見かけたけれど、あからさまに無視をされるようになった。喧嘩《けんか》別れのような形になってしまったのだ。それは仕方がないのかもしれない。サパテアードで見かけた時より、顔色が悪くて心配だったけれど、余計なお世話なのだろう。私も声をかけるようなことはしなかった。

クーラントとカノンちゃんは仲が良いようで、よく二人でいるところを見かけた。クーラントはゲームの攻略対象者ではなかったはずなのだが、ゲーム化されていない恋なんかもあるのかもしれない。ただ、クーラントが相手というところが少し心配だけれど、きっとカノンちゃんはヒロインだから誰にだって愛される。

タクト先生は相変わらず学園では眼鏡をかけている。この間は、カノンちゃんと一緒に歩いているところを見た。仲が良さそうで安心する。

タクト先生には、ワグナー王国の情勢と魔法陣についても教わっている。タクト先生自身が、ワグナーとの血が混じり魔力が少ないことから、古《いにしえ》の魔法陣の研究をしてカバーしているらしく詳しいのだ。

魔法陣と言っても、現代のファンタジーのように悪魔を呼び出すようなものではなく、リモコンだとか、電池のような使い方のようだ。歴史学準備室のカーテンを閉めたのは、カーテンに魔法陣が織り込まれていて、日光の力をそこへためため、合図すれば魔力のない者でも開閉ができる仕組みにしたのだという。簡単なものだけ教わっている。

ルバートお兄さまのシスコンぶりはあまり変わりがない。カノンちゃんとの接点が未《いま》だないため仕方がないのだろう。ルバートルートを攻略するには、まずアリアを攻略しなければならないのだから。

ちなみに私はまだカノンちゃんに攻略されていない。

夏休みが明けても、結局カノンちゃんはクラスの女子に馴染《なじ》みきれないままだ。カノンちゃん自身は悪くない。明るく優しく、正しいヒロインだ。だから、男子生徒には人気だし、教師にも人気だった。ジークもラルゴも仲良くしている。

やはり学園内でカノンちゃんと並ぶジークを見るとお似合いだと思うのだ。二人の絆《きずな》を深めるべく、引き続き悪役令嬢として頑張ろうと決意を新たにした。

さて本日は何かゲームイベントがあったかしら？　見逃さないようにしなくちゃね、などと思いながら昇降口へと歩いていく。すでに下校の時刻になっていた。

すると、昇降口を出た脇にある花壇に頭を突っ込む少女がいた。カノンちゃんだ。何かを探しているようだけど、どうしたのだろう。

挨拶くらいは許されるかなと思ったが止《や》めた。ゲーム上の靴隠しイベントだと気が付いたからだ。このイベントで助けに来るヒーローによって、進んでいるルートがはっきりとわかるのだ。王道ルートに入っていればジークがカノンちゃんを助ける。必死に二人で靴を探すことによって、愛を深め確かめ合うのだ。

ジークとカノンちゃんのスチルはとても素敵だった。王子様なのに泥だらけになった顔で、カノンちゃんに微笑《ほほえ》むジークが少し子供っぽくてレアでギャンカワなのだ。結局靴は見つからず、ジークはカノンちゃんをお姫様抱っこして自分の車に乗せる。その後、靴屋まで連れて行き靴を買ってあげるはずだ。

——是非見たい！　実物のお姫様抱っこスチルを拝みたい!!

そう思って、私は物陰に隠れてジッと様子を窺《うかが》った。しかし、待てど暮らせど誰も助けに来ない。

——どういうこと？　カノンちゃんがこんなに困って探し回っているのに、どうして誰も助けないの？　親密度上がってないの？

カノンちゃんは一人で探し回り、疲れ果てて呆然《ぼうぜん》として座り込んでしまった。その姿が痛々しくて、思わず手を貸してしまいたくなる。

――こんなになるまで、なんで誰も助けてくれないの？　助けに来てあげてよ。ジークが駄目なら、先生でも、ラルゴでもコラールでもいいから！

そう思って、気が付いた。私も見て見ぬふりをした。シナリオがどうだとかそんなこと言って、カノンちゃんが苦しんでいるときに、私も手を伸ばさなかった。それどころかシナリオに忠実にという大義名分で彼女を困らせもしたのだ。

私だって同罪だ。私はそんな自分が嫌になって、カノンちゃんに声をかけることにした。しかし、あくまでも悪役令嬢だ。シナリオはともかくとして、原作厨《ちゅう》としては悪役令嬢っぽく振る舞わねばならない。

「ごきげんよう、アマービレさん」

そう声をかければ、カノンちゃんの声がぎこちなく返ってくる。震えている。

「ご、ごきげんよう……」

まるで、悪魔でも見るような怯《おび》え切った瞳で私を仰ぎ見る。当たり前だ。私はこれまで何度も意地悪をしてきたのだから。

「どうかされました？」

「い、いいえ、何でもありません。アリア様」

「なんでもないようには見えません。私の手を煩《わずら》わせず、はっきりお答えになって」

きつい言い方だが仕方がない。カノンちゃんに優しく話しかけたりしたら解釈違いもいいところだ。

「……靴が……どこかに……」

消え入るような声で、恐れるように私から目を逸《そ》らしつつ答えた。やっぱり靴隠しのイベントだ。

足元を見れば、学園指定の靴を履いている。学園指定の靴は布張りで、外を長く歩くのに適していない。そしてそれは庶民にすれば高価なのだろう。だが、徒歩通学の者は、学園で革靴から指定靴へ履きかえることが許されていた。ただ、よほど近くに住むものか、庶民（これは学園では稀《まれ》なのだ）以外は、車で登下校するのが常だった。

「見つからないのですね？」

「はい」

そして、カノンちゃんは私を疑っている。

私も前世で靴を隠された経験があるからわかる。相手は悪戯《いたずら》のつもりかもしれないけれど、やられた方は惨《みじ》めなものだ。上履きで帰るところを見られたくなくて、人目を避けてコソコソ歩き、そのさまを嘲笑《あざわら》われる。

イジメられているなどと親には知られたくないから、こっそり家に帰り、なけなしのおこづかいで新しい靴を買いに行ったのだ。そして、そのせいで、お迎えするはずだった推《お》しの嫁の限定フィギュアが買えなくなり、私の大事な推しフィギュアは生涯独り身で過ごすことを余儀なくされた。

――許すまじ。靴隠し。しかも、翌日には隠された靴が下駄箱に返って来たのだ。まじで、許さん‼　死んでも許さん‼　今現在死んだ後なのに許してないからな。

震えるカノンちゃんを見て、プチンと何かが私の中で切れた。

「私以外の人間があなたに意地悪するなんて、……許しがたいわ」

思わず怨嗟《えんさ》のこもった低い声が漏《も》れた。怒りに任せて自分の靴を踏んで傷つける。そしてその場で自分の靴を脱いだ。私の車で送っても良いが、疑われている以上素直に乗ってくれるかわからない。乗ってくれたとしても、怖がらせるだけだろう。それに公爵家の車が下町に乗り付けたら騒ぎになる。

それでは、カノンちゃんが嫌がらせを受けていることを気付かれてしまうかもしれない。それはカノンちゃんにとって不本意かもしれないと思ったのだ。

「丁度《ちょうど》、この靴、汚れたので捨てようと思っていたところですわ。お困りならこれを使いなさい」

カノンちゃんは驚いて私を見た。

「どうせ棄《す》てるものだから差し上げるわ」

「え、いえ、そんな」

辞退する言葉を無視する。

「このアリア・ドゥーエ・ヴォルテが差し上げたものをつき返そうとするなんて、いい度胸ですこと！」

そう言えば、カノンちゃんは身を縮めた。

「あなた、サイズはいくつ？　合うといいのだけれど」

「……二十二センチです」

「まぁ、可愛らしくてらっしゃるのね。でも、大は小をかねると言いますから」

私はハンカチを出して、風の魔法で半分に切った。

「これを詰めればよろしいでしょう。この学園の制服で帰るのです。堂々としてお帰りなさい。町の方々から憧れるよう、背筋を伸ばして行きなさい」

「アリア様は……」

「私は車を待たせていますからお気遣いは不要です。また、あなたの使ったものなどいりませんから、そのままお棄てなさい」

「でもっ！」

「靴は明日には戻ってくると思いましてよ？　私が学園へ連絡しておきますので。では、私は急ぎますのでごきげんよう」

私は絹の靴下一枚で歩き出した。

良い靴しか履きなれていない柔らかな公爵令嬢の足の裏は、思った以上に地面のデコボコを感じ取った。痛い、けれど、私は背筋を伸ばす。きっと、靴を隠した本人は隠れて様子を窺っている。

これは靴を隠すことが目的の悪戯じゃないからだ。困っている様子を嗤《わら》うための意地悪だからだ。

絶対どこかで見ているはずだ。だから私はことさら気高く歩くべきなのだ。

——私も、カノンちゃんもそんな人たちなんかに負けない！


「アリア！」

昇降口からエントランスへ出たところで声をかけられた。急に縦抱きに抱え上げられてビックリする。ジークの腕がお尻に当たっている。恥ずかしすぎる。慌《あわ》ててジークの肩を押した。

「何をなさるの！」

「君こそ裸足で何をやっている！」

荒々しい語気だ。完全に怒っている。

「靴が汚れたので捨てました」

「家までなぜ履いて帰らない」

「汚れた靴など履いていたくなかったからですわ」

カノンちゃんがイジメられているだなんて、私からは言えなかった。

「なんて我儘《わがまま》なお姫様だ」

ジークは呆《あき》れたようにそう言った。そう思われても仕方がない。

「罰として、僕の車で帰ってもらう」

ジークはそう言うと私を抱き上げたまま歩き出した。

ラルゴもジークの後ろを黙ってついてくる。騒ぎに集まって来た周りの生徒もあっけに取られた様子で私たちを見た。何たる恥辱《ちじょく》プレイ。頭から湯気が出てしまいそうだ。

ジークはズンズンと車へ歩くと私を後部座席に押し込んだ。

「車を出せ」

ジークは真《ま》っ直《す》ぐ前を向いてそう言った。車が走り出す。

「今のはいったい何なんだ？」

ジークの声が硬い。私は答えを見つけられずに押し黙る。

「アリアがカノン嬢に対し、冷たく当たっているのではないかと、何度か耳にした。今まであんなに王太子妃になるために励んでくれていたのに、にわかには信じられずに不思議に思っていたんだ。今日はたまたま二人が一緒にいるところを見かけたから、そのまま少し様子を見させてもらった。……犯人はアリアじゃないんだね？」

私は無言で俯《うつむ》いた。

「犯人を知っているの？」

首を緩く振る。

「もう一度聞く。アリアはいったい何を考えている？」

王太子としての厳しい声だった。顔をあげれば真っ直ぐな目が私を射る。言い訳はできないと思った。私は深々と頭を下げた。

「……申し訳ございません。カノン嬢とジークがより仲を深められるように、そう思っておりました」

「どういうこと？」

ジークの顔には訳が分からないと書いてある。

「カノン嬢は学園で不当な扱いを受けています。もっと彼女は周囲に理解され正当に評価されるべきだと思いました。なによりジークの保護対象の方でもありますし、ジークに彼女の魅力をご理解していただくことが最善かと愚考した次第です」

「本当に愚考だ」

ピシャリと言い捨てられる。

それはそうだ、私なんかが言わなくてもカノンちゃんの魅力はジークに伝わっているだろう。

「それで納得いたしました」

ラルゴが前の席から微笑みかけてくる。

「納得？」

「ええ、アリア様はカノン嬢に冷たい態度を取りながらも、カノン嬢が殿下のサポートを受けられるよう配慮されているように見受けられましたから」

「っ！」

ラルゴには気が付かれていたらしい。

「君のしたかったことはわかった。でも君がそんなことをする必要なんてないだろう」

「はい……申し訳ありません」

指摘されて項垂《うなだ》れる。

「……まぁいい。車を靴屋に回してくれ」

結局、ジークは私を靴屋まで抱いていき、新しい靴と靴下を買ってくれた。私はそれを真似して、カノンちゃんの靴を買い彼女の家に届けてもらった。シナリオが変わってしまった以上、誰かが彼女に靴を贈らなければカノンちゃんが登校するときに困ってしまう。

私の名前だと受け取ってもらえないかもしれないので匿名《とくめい》にしておいた。

悪役令嬢の私には人望はなくとも、金ならあるのだ！


部屋に戻った私はとりあえずおとなしくしていた。意外に足が痛んだのだ。しかし、しでかしたことがしでかしたことだから、侍女にも足が痛いことを気が付かれるわけにはいかなかった。

裸足になってベッドに横になっていると、ドアがノックされた。

「お嬢様。カノン・アマービレ様という方がお見えです。いかがいたしましょうか」

ビックリした。まさか家に来るとは思っていなかったからだ。きっと、今日の話をするのだろう。

家の者には聞かれたくなかった。

「こちらへお通しして」

「かしこまりました」

私は慌てて身支度を整える。ジークが買ってくれた靴下に履き替え、靴を履く。通されたカノンちゃんは、あたふたとしていて不慣れな感じが可愛らしい。

「あ、あの」

「まずはこちらへおかけになって。紅茶を用意させます」

そう言ってソファーへ誘導した。そうすれば、口を噤《つぐ》んで言われたままに腰かける。靴は贈った物を早速履いてくれたようだ。良かった。

侍女が紅茶とお菓子を用意して、部屋から出て行った。

「それで何の御用ですの？」

私が問えば、カノンちゃんは身を固くした。

「今日は……ありがとう、ございました」

「何のことかしら？」

「靴を」

「ああ、あれはゴミよ。気になさらないでと言ったでしょう」

「この靴も……」

新しい靴を見ながらカノンちゃんが問う。

「何のことかしら？」

すげなく答えれば、カノンちゃんはキュッと拳を作って大きく息を吐いた。

「そして、すみませんでした」

「まぁ謝られるようなことがあったかしら？」

「私、アリア様を誤解していて……」

そう言って、カノンちゃんは膝の上で握りしめた拳に目を落としてから、顔をあげた。真っ直ぐな瞳は泣き出しそうなウサギのようだ。その真摯《しんし》な顔は、本当に可愛らしくて。

——ああ、やっぱりかわいい……。めっちゃ可愛い。

「勝手にアリア様を犯人だと思い込んでいたんです。物言いは厳しくても、いつもアドバイスをくださっていたのに、申し訳ございません」

そう言って深々と頭を下げた。

なんて正直な子なのだろう。やっぱりヒロインというだけある。敵地かもしれない、こんな大きな屋敷に一人で謝りに来るなんて、きっとすごく怖かっただろう。しかも、言わなければわからないことなのだ。それなのに。

やっぱり、私には真似できない。だって、私は謝られる価値なんてない。

「いいえ、私こそ」

そう言えば、カノンちゃんは不思議そうな顔で私を見た。

「私はあなたにたくさん意地悪をしました。軽蔑なさって」

今まではカノンちゃんのことをゲームの中の人物と他人事のように思っていた。前向きなヒロインだから大丈夫だなんて勝手に思っていた。でもいくら前向きだって傷つかないわけじゃない。それなのに、カノンちゃんが苦しむことを知っていて見過ごした。わかっていたのに、わざと助けなかった。それどころかシナリオのためだと言い訳しながら、軽率に嫌がらせをした。靴隠しの犯人たちと同じなのだ。

自分自身の恥ずかしさに俯いた。どうしようもない人間だ。

「いいえ！　いいえ！　アリア様のおかげで、私、背を伸ばして家に帰ることができました。だから……！」

カノンちゃんが私の足元に跪《ひざまず》く。

「顔をあげてください。アリア様。そして、お願いです。私に足を見せてください」

「どうして……？」

「怪我《けが》をされていませんか？　私の魔力で少しは楽になるかもしれません」

「そんなわけにはいかないわ、これは私の罰ですもの」

「罰なんて必要ないんです。だって、私がそうしたいんですから」

カノンちゃんはにっこりと笑った。

天使のようにかわいい。もう笑顔だけで癒される。魔力とか関係ないから！

私がその笑顔に見惚《みと》れ、言葉を失っているうちに、カノンちゃんは私の足を取った。

「あっ！」

意外に強引だ。ここに乗り込むだけあって、なかなかに鈍感強引ヒロイン力が強い。靴を脱がせ、絹の靴下をゆっくりと下ろしていく。あまりの恥ずかしさに口元を押さえた。

こんなかわいい子に生足見られたくない!! はずかしぬ!!

露《あら》わになった足先を、カノンちゃんはじっと見た。

――うっわ、私、知ってる。この顔、アリアカノンの薄い本で読んだことある！

本人を目の前にして、変な妄想を思い出していたたまれないやら、恥ずかしいやらで、爆発的に顔が赤くなるのがわかる。慌てて両手で顔を隠した。

「アリア様？」

カノンちゃんが不思議そうに尋ねてくる。

――へ、へんな目で見てませんよ？ そんな、変な目で見てませんよ？

指の間から垣間見《かいまみ》れば、カノンちゃんは穢《けが》れのない瞳でジッと私を見つめていた。

「……そんなに見ないで……くださる？」

懇願するように声を絞り出せば、カノンちゃんは顔を赤らめた。

「アリア様……かわいい……」

「可愛いだなんて、あなたのような方に言うことですのに嫌味な方」

フンと鼻を鳴らして、頑張って精一杯反撃してみる。カノンちゃんは満面の笑みを浮かべた。

「私なんかより、アリア様の方がずっとずーっと可愛いです！」

天真爛漫《てんしんらんまん》。無垢《むく》な瞳と物言いに撃沈する。

「もう、止めてください！」

怒って見せれば、カノンちゃんは私の足の裏を軽く撫でた。

「つん！」

足の裏がほんのりと温かくなって、そこから気持ちの良い幸福感が体中に広がる。

「これが癒しの……」

「ええ、大きな怪我は完全に治せるわけではないんですけど。治癒力を高められるんです。これくらいの小さな傷なら治ってしまうこともあります」

「本当、これは素晴らしいわ」

まったく痛みが引いてしまって、足が軽い。嬉しくなってカノンちゃんを見た。カノンちゃんは恥ずかしそうに笑う。

「アリア様とは相性がいいみたいです。さあ、反対の足もいいですか？」

「お願いいたしますわ」

私は図々《ずうずう》しくも足を出した。

反対の足にカノンちゃんの手が優しく触れる。足の裏からホンワリとピンク色のイメージが広がって、胸に届く。胸まで熱くなる。カノンちゃんらしい柔らかい波動が、私の心の醜い部分まで溶かしてしまう気がした。

「あなたの側《そば》にいられる方は幸せでしょうね」

思わず転がり出た言葉に、カノンちゃんはビックリしたように瞬きして、頬を赤らめた。その様子も可愛らしい。

「そんなこと」

「だって、あなたに触れられるだけでこんなに幸せな気持ちになれるのですもの」

本当にそう思った。優しい気持ちになれる。自分が大切にされているとわかる。自分を大切にして

もいいのだと思えてくる。

「そんなことないんです。人の心を動かすような力は私にはないんです。まず、私を信じて触れさせ

てくれる方でなければ、魔力があっても治せないんですから……」

カノンちゃんはそう言って口を噤んで俯いた。

このところの仕打ちで、すっかり自信をなくしてしまったのだろう。その責任は私にもある。

「アマービレさん、顔をあげてください」

そう言えばカノンちゃんは恐る恐る私を見つめた。

「そして、あちらに座って？」

促《うなが》すとカノンちゃんは慌てて立ち上がった。

「す、すいません」

「いいえ。せっかくお茶もお菓子もあります。同じ目線でお話ししなくてはもったいないわ」

そして、じっくりその可愛いお顔を眺めたい。スチルでしか見られなかったその表情をゆっくり堪《たん》能《のう》したい。悪役令嬢な私は、ゲームのスチルのように正面からヒロインを見ることは少ないのだ。

もう私は決めた。開き直った。自分の欲望に忠実に生きる。原作とか知らん!! というか、私が原作!!

正面に座ったカノンちゃんの手を取る。

「心を動かす魔法をあなたが持っていないのだとしたら。だったらなおさら、あなたは本当に素晴らしいわ」

「アリア様……」

「私、あなたの側にいたい、そう思ったのよ?」

少し強引で、優しくて、正しいことを知っていて、でもちょっぴり臆病で。

特殊な力を持ったばかりに、魑《ち》魅《み》魍《もう》魎《りょう》の住む貴族の世界に放り込まれて、逃げ出したいはずなのに後ろ盾もなく一人で頑張っている。

これが応援せずにいられようか。私はヒロインに攻略されてしまった。

「アリア様、私もアリア様のお側にいたいです。……学園でも声を掛けてもいいですか?」

「もちろんよ! 私もあなたとお話ししたいわ」

「……カノン、と」

「え？」

「失礼だと、図々しいとは思っています。恥ずかしいお願いだとも。でも、よかったらカノンと、名前で呼んでいただけたら嬉《うれ》しいんです」

「カノンちゃん？」

そう呼べば、カノンちゃんは花開く薔薇のように頬を赤らめて、笑ったのだ。

――ま、眩《まぶ》しい！

やっぱりカノンちゃんはいい子だった。こんなにいい子なら、王太子妃になっても大丈夫だろう。

誰かに譲らなきゃならないなら、間違いなくカノンちゃん一択だ。ほかの女選んだら、ジーク刺す。

私の記憶が戻ったのは遅かったから、攻略対象者の心の傷や過去のフラグを折ることはできない。

それに過去があったからこそ、彼らの優しさが今もある。だからゲームのアリアもあんなに彼らに執着したのだとわかるから、その過去を否定したくない。

彼らのことは変えられなくても、自分の未来や考え方だったら、今からでも変えられるのではないか。そう希望が持てた。

翌朝、自分の机で準備をしていると、教室がザワリと音を立てた。驚いて顔をあげると、私の横にカノンちゃんが立っている。

「おはようございます。アリア様」

「おはようございます……？」

こんな形で、わざわざ挨拶されたのは初めてだったので、私は戸惑った。

「あの、これ」

カノンちゃんは恥じらう様子で、おずおずとハンカチを差し出した。

「昨日の、ハンカチのお返し……です。あまり上手ではないんですけれど、いただいたものと同じ刺《し》繍《しゅう》をしたので受け取っていただければ……」

上手に再現された私のイニシャル。とても一晩で仕上げたとは思えない。

――はぅ！　心臓射抜かれた。可愛い上に器用とか！　心配り上手とか！　なにこれ。私が男ならマジで惚れる。今すぐ告る。

「まぁ、ありがとう。嬉しいわ。とってもお上手ですのね」

微笑んで受け取れば、教室中が騒《ざわ》めいた。どういうことですの？　という女子の錯乱した声が響く。

そこで私はハッとした。

貴族の若者の間で流行《はや》っている（？）暗黙の了解と言うのだろうか。男子が、自分のイニシャル入りのハンカチを贈ることは、『あなたが好き』という意味になる。それに応える場合、女子は男子のイニシャルを刺繍したハンカチを贈り返すのだ。

多分、カノンちゃんは貴族の文化を知らない。ただ単に、私が自分のハンカチを切って渡したから、お詫《わ》びに新しいハンカチを用意した、それだけのことだ。しかし、理由を知らないクラスメイトたちが見れば、今のやり取りでは、私がカノンちゃんへ告白し、カノンちゃんがそれに応じてカップル成立！　な場面なのだ。

――確かに私はカノンちゃんに攻略されたけど、そういう意味ではもちろんなくて……。

「これは、どういうことかな？　アリア」

低い声に驚いて振り向くと、ジークが怪訝《けげん》そうな顔で私を見ている。

「昨日、カノンちゃんがお困りだったから、ハンカチを差し上げたのですわ。カノンちゃんはその代わりのものとして、お持ちになってくれたのよ」

「さすがアリアだ。人の心を掴《つか》むのが上手だね」

「いえ、そんなことは……」

「でも、イニシャル入りのハンカチというのは……すこし……」

ジークが目を細めた。あまり面白くなさそうな顔をしている。カノンちゃんはそんなジークの顔を見てオロオロとしてしまった。

「あ、あの、わたし、余計なことを？」

カノンちゃんが、不安そうな目で私を見る。またその表情が捨てられた子犬のようで、庇護《ひご》欲をそそる。

「そんなことなくってよ？　皆さんが少し大袈裟《おおげさ》なのですわ」

思わず笑ってしまえば、ジークが目の前にハンカチを差し出した。

「アリア、受け取ってくれるよね？　僕もアリアからハンカチが欲しい」

ジークは強請《ねだ》るような顔をむけ、私にハンカチを押し付けた。

――は？　あげる相手間違えてない？　カノンちゃんから欲しいんじゃないの？

きゃぁぁぁぁ！　教室に女生徒の悲鳴が満ちる。お嬢様方はしたないですよ。

「ハンカチは僕の部屋に持ってきて」

「え？」

「僕の、部屋、だよ」

私の問いに言い含めるようにジークは『部屋』を強調して答えた。

きゃぁぁぁぁ！　再びの悲鳴がうるさい。

部屋と言ってもラルゴもいるのである。密室に二人きりになるわけではないのだ。実態は想像とかけ離れている。

「あの、遅くなってもよろしくて？」

「すぐ渡せない理由があるなら」

ジークは不満そうな声で答えた。

しかし、手芸は下手なのだ。今まで巧妙に隠してきたけれど、手芸は苦手で時間がかかってしまう。

ましてや好きな人に渡すための刺繍なんて、それも王太子にだなんて気が遠くなってしまう案件だ。

「丁寧にしたいの」

窺うように上目遣いで見れば、ジークは目頭を押さえてため息をついた。

「わかった。いつまでも待つ」

いや、それはそれでプレッシャーではある。

三度の悲鳴と同時に、丁度チャイムが鳴る。

変な展開になってしまった。こんなのゲームで見たことがない。

こんなことされたら、もしかしたら本当に私を好きなんじゃないかって、勘違いしてしまいたくなる。どうしてジークはこんなことをするのだろう。カノンちゃんの嫉妬を煽《あお》りたいなら、やり方としてはいまいちだし、婚約者であるアリアの立場を守るためにしてはやりすぎだと思う。

少なくとも婚約者であることを迷惑には思われてないと、信じていいのだろうか。今だけでも、好かれていると勘違いしてもいいのだろうか。

ジークにハンカチを贈れることはとても嬉しい。侍女にゆっくり教わって、丁寧に仕上げよう。

カノンちゃんから受け取ったハンカチと、ジークから受け取ったハンカチを、そっとポケットに忍び込ませる。不格好に膨らんでしまったスカートのポケットは、それ自体がくすぐったくて、胸がホンワリと温かくなった。


♪

二学期のメインイベントは地堅《とこしず》めの祭りである。地堅めの祭りとは、グローリアの祝祭日で大きなお祭りが王都で行われる。王家の始祖が光の加護を精霊から受け、グローリアの守護を命じられた日とされている。所謂《いわゆる》、建国記念の日であるのだ。この日はイベントが行われるのだが、魔法学園からその年の代表者として、男女の成績優秀者が魔法使いの王と女王に選ばれる。そして、王と女王は街の中をパレードし、最後に、光の加護を受けた際の故事にまつわる地堅めの儀式を演じてみせることになっているのだ。

魔法使いの王と女王は王家の始祖を表しており、その役に選ばれるということは、次代を期待される魔法使いでもあるということだ。ただの成績優秀者とは違うのである。

今年はジークとカノンちゃんだ。もちろん、ゲームのシナリオ通りである。しかし、女王には、成績や魔力の強さだけではなく、身分や立ち振る舞いまでもが求められる。王太子の婚約者であるアリアを押しのけ、二、三年の先輩方をも押しのけ、カノンちゃんの名前が挙がった時点で学園内では不満が噴出していた。

「僕もアリアが相応しいと思う」

ジークは不満顔である。

「でも、私は能力が劣っています」

答えれば、苦々しい顔をする。

本来のゲームでは、カノンの立ち振る舞いやマナーについてジークがマンツーマンで指導していた。それにアリアは不満を募らせ、最終的に凶行に及ぶことになるのだが、現状ではジークが指導する意思はなさそうだ。このままではカノンちゃんはとても苦労することになるだろう。下手をしたら失敗してしまうかもしれない。そんなことになれば、王太子妃としての適性を疑われてしまうし、私が婚約破棄された後、カノンちゃんが認められる際に大きな障害になってしまう。

事実ゲームでは、大役を終えたカノンちゃんの評価があがり、王太子妃候補として認められていくきっかけになるイベントなのである。恋愛イベントとして最大かつ最重要イベントであるともいえるのだ。それなのに、ジークは不満顔でやる気を見せない。

それならばと、私が教えることができるからと内密に先生へお願いし、無理やり指導者の役目をもらうことにした。ジークを幸せにするためには、なんとしてもこのイベントは成功させなければならないのだ。その上、あのシーンは美しい。是非とも生で見たいではないか。

「カノンちゃん、ちょっとこちらにいらっしゃって？」

悪役令嬢らしく放課後の校舎裏にカノンちゃんをこっそり呼びつければ、カノンちゃんは顔をニコニコとさせ私のもとへやってきた。明らかにヒロインが悪役令嬢に向ける顔ではない。

「今年の女王に選ばれたそうね？」

「……は、はい」

「マナーに自信はあって？」

「それが……」

自信なさそうに俯いた。王侯貴族と並んで恥ずかしくないような立ち振る舞いなど、平民には一朝《いっちょう》一夕《いっせき》では身につかない。

それに儀式では特殊な歩みなど、普通の貴族でもすることはないことをしなければならないのだ。私は幼いころから王太子妃になるべく育てられていたので、そういった王家の特殊儀礼も叩き込まれていた。

「私が教えて差し上げるわ」

「本当ですか!?」

「王太子殿下の横に並ぶのですもの。あまりみっともない真似はなさらないでね？」

そう言ってにっこり笑えば、カノンちゃんは飛び切りの笑顔で私を見た。

「ありがとうございます！　アリア様！」

うん。良いお返事である。

それから放課後は公爵家でカノンちゃんと立ち振る舞いのレッスンを繰り返した。ルバートお兄さまも時折それを眺めに来た。可愛らしいカノンちゃんの頑張る姿は目の保養になるのだろう。

私はスパルタ方式でカノンちゃんを指導する。背筋を伸ばし、真っ直ぐに歩く方法。貴族然とした優雅な物腰。王家特有の立ち振る舞い。

公爵家の中庭のタイルにチョークで印を描き、光の加護を受けるための地堅めの儀式の歩み方を指導する。

「右へ二歩、一歩左に戻ってそれから左へ二歩！　中央へ一歩踏み出す時に靴を鳴らして杖《つえ》を突く！」

パンパンと手を叩きながら指導すれば、カノンちゃんがアワアワとしながらそれに倣《なら》う。慣れない儀礼用の靴はタイルで音が響きやすいように靴底に小さな金具がついている。しかし、歩き方を間違うと鳴らしてはいけない場所で音を鳴らしてしまうという厄介なしろものなのだ。慣れないカノンちゃんは歩くたびに音が鳴ってしまう。そうして慌てるのだが、貴族は人前では慌てたり失敗を認めたりしてはならないのだ。仮に間違っていたとしても、間違っていないという態《てい》で堂々と振る舞わなくてはならない。

カノンちゃんの魅力は、庶民ならではの素直な表現だ。そのすべてを抑え込もうとする貴族のマナーはカノンちゃんを苦しめた。

「も、もう、疲れました……」

グッタリと椅子に座りこむカノンちゃん。

「駄目よ。椅子の背にもたれてはいけません。それに人前で疲れた様子を見せてはいけません」

ピシャリと言えば、カノンちゃんは唇を噛《か》みしめて下を向いた。

「そういうあからさまな表情は下品です」

「アリア様ぁ……」

半泣きの顔で縋《すが》られて、胸がキュンキュンとする。可愛いのである。ヒロインは絶対正義なのである。

「少し休憩しましょうか」

「はい!!」

二人で並んでお茶を飲む。背もたれにベッタリと背をつけて、嬉しそうに靴をぬいだままの足をブラブラとさせているカノンちゃん。それは無邪気でかわいいけれど、王太子妃としてはあるまじき姿だ。

私はそれを見て苦笑した。ゲームのジークもきっとこんなところに惹《ひ》かれたのだ。アリアとは違って感情豊かに話す仕草。素直で率直で天真爛漫。蒲公英《たんぽぽ》のような、お日様のような、いるだけで心が温まる存在だ。氷の令嬢と呼ばれる悪役令嬢とは正反対のヒロイン。

「アリア様はすごいですね」

カノンちゃんが私を見て微笑んだ。

「こんなときでも姿勢を崩さないなんて尊敬します」

ため息交じりに憧れを帯びた目で見られて、恥ずかしくなる。

「そんなことないわ。もう癖なのよ。生まれたときからそう躾《しつ》けられてきただけで、私がすごいのではないわ」

「いいえ。同じような身分の方の中でもアリア様が一番綺麗《きれい》です」

きっぱりと言い切られて、顔が赤くなる。

「一見冷たそうに見えるけど、そんなことなくて優しくて。私みたいな身分のものにも分け隔てなく接してくれます」

「当たり前のことよ」

「当たり前じゃないんです！　……本当は、女王に選ばれたと知ったとき、アリア様に嫌われてしまうかもしれないって思ったんです。みんな、私なんか相応しくないって言うし、私自身そう思ったから」

「そんなことないわ。カノンちゃんが一番優秀な女生徒なのだから当然でしょう？」

「確かに、魔力では女子で一番と言われていますけど……でも、それだけでは相応しくないって私も思います。だから怖くて逃げ出したくて」

「カノンちゃん……」

「でも、アリア様がこうやって教えてくれたから私頑張れます！　アリア様のためにもちゃんとした女王になろうって思えます！」

健気なカノンちゃんにギュッと心を掴まれる。ああ、もう、カノンちゃん可愛い。私が完全に攻略されている。

「ありがとう」

できるだけ平静を装って答えれば、カノンちゃんがニッコリと笑った。

「そうして、そんなアリア様の可愛らしい表情を見ると特別な気分になります！」

表情を押し殺していたはずなのに、漏《も》れ出していたニマニマを指摘されて頬を押さえた。

「内緒になさって？」

言えば、カノンちゃんは背中に惜しげもなく花を撒《ま》き散らかして微笑んだ。エフェクト万歳！

♪

カノンちゃんとの一か月にわたる厳しい練習を終え、今日は地堅めの祭り当日である。

もうすぐ祭りのパレードが始まる。

船底型の屋根のない二頭曳《びき》の馬車に、ジークとカノンちゃんが並んで座る。馬車の車体には、金高《きんたか》蒔絵《まきえ》で守護の紋章があった。

ジークは魔法使いの王を模した漆黒のローブを纏《まと》っていた。ローブは白金の豪華な刺繍で縁どられ、背中には守護の紋章がテカリのある白金の刺繍糸で刺されている。夜を統《す》べる魔法使いの証《あかし》である、古式ゆかしい銀の錫杖《しゃくじょう》の先端では三日月を模したモチーフがシャラシャラと音を立てる。キラキラとしたジークの黄金の髪が映え、眩いばかりの姿に沿道の人々がため息を漏らした。

対するカノンちゃんは、純白のローブに黄金の縁取りである。背中には金の糸で、ジークと同じく守護の紋章が刺繍されていた。金の錫杖の先には太陽の光を放射線に表現したモチーフがキラキラと光を反射している。錫杖を振れば、モチーフの下についた金の輪がこすれ合って音を鳴らす。白いローブがピンクの髪のカノンちゃんによく似合い、とても可憐《かれん》だ。

黒と白で対になっている魔法使いの王と女王。練習の成果もあって、カノンちゃんはジークの隣で堂々と笑顔を振りまいていた。

精霊に力をもらった王家の始祖は、暗夜を導く光と白昼を照らす光を与えられた。それが、黒と白の衣装で表されているのだ。精霊はあえて二人に役割を分け与えることで、互いが協力しなければ国の安寧《あんねい》が損なわれるとした。始祖の二人は精霊の言葉を重く受け止め、手を取り合って生きていくことを誓う。要するに、始祖の誕生と婚姻を表す古の儀式を、魔法使いの王と女王は再現するのである。

王宮の前の広場がパレードの最終地点だ。そこには始祖が踏んだと言われる伝説の地を模したタイルが埋め込まれており、そこで地堅めの儀式が再現されるのだ。

ジークとカノンちゃんが、真剣な面持ちで儀式へ挑む。精霊役は現在の王と王妃である。二人は紫のローブを頭からすっぽり被《かぶ》っている。

シャン、ジークが月の錫杖を突く。そして、カノンちゃんを見る。カノンちゃんはジークを確認し、シャシャンと太陽の錫杖を突いた。儀式の始まりである。右へ左へ、前へ後ろへ。決まった歩数で歩き、決まったタイルを踏み鳴らしていく。ジークとカノンちゃんのローブが翻《ひるがえ》り交差していく。その様は、まるで一種の舞踏のようだ。こうやってタイルを踏み、グローリア王国の地盤を堅め国の安寧を祈る儀式なのである。ジークとカノンちゃんの歩行の軌道が、古の守護の紋章をかたどり、天と地が交わる。

お祭りの人気イベントの一環で、王家の儀式を見せるという意味合いが強く魔術的な効果は期待されていない。見せることが重要で、正確さはそれほど求められていないのだ。だからこそ学生が執り行う。

しかし。

ホワリ。ジークとカノンちゃんの踏み鳴らした守護の紋章が地面で光り始める。ザワリと民衆の声が上がる。魔力のあるものが一切の手順を間違えず、完璧にその軌道を描けば当然魔術は発動する。

ああ。やっぱり、ゲーム通り。

金と銀の守護の紋章が浮き上がり、二人の頭上で光る。ジークとカノンちゃんが向き合って見つめあった。お互いに頷いて、息を合わせて錫杖を高く掲げ、お互いに打ち合わす。それに呼応して二人の精霊も杖を鳴らす。同時に、ジークとカノンちゃんの作った紋章が光の筋になって四方へ散った。まるで幸せが降ってくるかのような光の雨に包まれる。まるでここを中心に守護の魔力がグローリア全域を守るかのようだ。

驚愕《きょうがく》と感嘆が混じる歓声に、ドッと空気が震える。

この光景が見たかった。だからこそ、カノンちゃんを必死で指導した。このイベントの成功でカノンちゃんは王太子妃候補として大きく名乗りを上げることになるのだ。ジークがハッピーエンドになるためには絶対折れないフラグだった。

しかし、ゲームのスチルそのままの姿に私は胸が詰まる思いがした。見たかったスチルが生で見られた感激と、カノンちゃんと二人で練習を頑張ったことに対する達成感。その奥に隠しきれない嫉妬と恋を失う悲しさと。

人々が歓喜の声を上げる。

「お似合いの二人ね。こんなに綺麗な守護の紋章は初めて見るわ」

「今年の女王様は癒しの力をお持ちだそうだ」

「身分があまり高くないのだと聞いたけれど」

「それなのに選ばれたのだ。大したものだ」

「王太子の覚えもめでたいらしい」

「逆にそういう方が王家に上がったら親しみやすいかもしれないね」

「確かに。オレ達の自慢だな」

雑踏の声を拾って、チクリと胸が痛む。やっぱりみんなそう思っている。カノンちゃんこそ、次世代の王太子妃として相応しいとそう思っているのだ。私もそう思う。わかってはいたけれど、改めて聞きたくはなかった。

お祝いムードの雑踏の中から、私は逃げるようにして学園に戻った。

パレードが終わり、放課後の教室で窓枠に寄りかかり帰途へつく生徒をボンヤリ見つめていた。祭りの終わった学園は少し物悲しい。

家路に向かう生徒たちの中にクーラントを見つけた。覇気《はき》のない姿を不審に思う。なぜか突然クーラントも振り向いて目が合った。しかし、あからさまに目を逸らし、彼は足早に去っていった。相当嫌われてしまったのだろう。

疲れたな。そう思う。カノンちゃんに立派な王太子妃になって欲しいのは嘘《うそ》ではない。ジークに幸せになって欲しい。そのためにだったらいくらでも協力したいと思う。だけれど、それとジークを諦《あきら》めるというのは別問題なのだ。

ため息を噛み殺しガラスを見た。映り込む薄いアリアの影。悪役令嬢とは思えないほどに弱々しい顔をしている。

「……アリア。探したんだよ」

声に振り向けば魔法使いの王姿のジークがいた。威厳のある豪華な衣装が、さらにジークの美しさを際立たせる。私は慌てて居住まいを正し、窓枠から少し離れた。情けない顔を見せてはいけない。そう思い淑女としての微笑みを作った。

ジークは不機嫌そうにツカツカとやってくると、私の隣に並んだ。

「カノン嬢から聞いた。彼女に儀式の手順を仕込んだのは君だってね」

「……お聞きになったのですか」

「おかげで彼女は失敗もなく、無事に女王をやり遂げた。周りの評価もこれでとても良くなった。特に町での人気はすこぶる高かったそうだ」

「それは喜ばしいことです」

そう答えれば、ジークは大きく息を吐いた。そして頭を振りグシャグシャと金の髪をかき混ぜる。あまりに王太子らしくないその様に私はあっけにとられた。

「……カノン嬢を次期王太子妃へという声が上がってきている」

ジークの言葉に息が止まる。

それでも私は公爵令嬢だ。取り乱してはいけない。冷静に、感情を押し殺して。

突きつけられた現実。破滅フラグが立ったように思えないときもあったけれど、やっぱりゲーム通りドナドナエンドになっているのだ。ジークに幸せになってもらうには、この恋を自ら辞退してワグナー王国へ嫁ぐべきなのだ。

「当然のことと存じますわ」

「当然？」

「彼女は成績もよく魔力も強い方です。実力から言って何の不足がありましょう？　彼女こそ殿下に相応しいと思います。次代の王太子妃は家柄など関係なく能力で選ばれるべきだと……存じ……ます……」

キュッと制服のスカートを握りしめる。泣かないように。ジークの負担にならないように。笑え。アリア。笑え。

ニッコリと笑顔を作れば、ジークは忌々《いまいま》しいものでも見るように私を見た。

「今、殿下と呼ぶな」

きつい言葉。ゲームでは同じ声で『ジークと呼ぶな』そう言っていたな、なんてボンヤリと思った。

「それは宰相の言葉か」

「いいえ」

「君自身の考え？」

「……ジークのためなら身を引く覚悟はいつでもございます」

ワグナー王国とグローリア王国とが微妙な関係である今、内政を混乱させることは避けなければならない。誰もが納得する王太子妃が必要だ。難しい儀式も正確にこなし、動物の言葉を理解し、強い癒しの魔力を持つカノンちゃんこそ新しい時代に相応しい。

ジークが向かいに立って凶悪な顔で私を見た。恐れ戦《おのの》いて、後ずさり窓にぶつかる。窓枠に思わず両手をつけば、その両手を押さえ込むようにジークの手が重なった。ジークが私を囲い込む。逃げ場を失って戸惑う私を、ジークは愉快そうに笑った。

「アリア。もう一度言うよ。僕には君が必要だ。そして父にも宰相にもそう言って来た」

獰猛《どうもう》に光る緑の瞳。獲物を追い込んだように満足げな微笑みは残酷なほど美しく、まさに夜を照ら

す魔法使いの王だ。

「……でも」

「身を引くなど、絶対に許さない」

ジークがギュッと掌《てのひら》に力を込める。痛いくらいだ。

「ジーク、痛いわ」

言えば、ジークはバサリとローブを翻し、そのローブごと私を抱き込んだ。グッと近づいてくる滑らかな白い肌。むせ返るようなジークの香り。赤い唇が耳たぶを食《は》む。ゾクリと駆け上がる甘美な恐れ。膝の力が抜けよろめけば、ジークは満足そうに小さく笑う。そのささやかな空気の動きにすら翻弄《ほんろう》されてしまう。

「ジーク……」

ため息交じりに名を呼べば、丁度下校のチャイムが鳴り響いた。ジークは小さく舌打ちをした。

ローブが解けた安堵《あんど》からホッと息をつく。

「も、もう、帰る時間です……車が待っているわ」

ジークの胸に軽く手を押し当てて距離をとろうとすれば、その手の上にジークは自身の手を重ねた。

ジークの心音が手のひらから伝わってくる。ドキドキと高鳴っている鼓動は私だけではないとわかる。

「……チャイムなんて鳴らなければいいのに……」

そう言って名残惜《なごりお》しそうにため息をつきながら、重ねた手を胸から外した。しかし、その手は繋《つな》がれたままだ。

「今は帰らなくちゃいけない、だけど」

ギュッと結ばれた手。

「僕は君を逃がしてやるつもりはないよ」

ジークの真剣な声に、私は小さく息を飲む。

「覚悟はいいね、アリア」

是《ぜ》しか認めないというような強い眼差《まなざ》し。私は声もなく首を縦に振った。それを確認してジークは、トロリと柔らかい微笑みを浮かべた。

「車まで送るよ。僕のアリア」

ジークは当然のように私の腰に手を回し、車へと向かった。

第四楽章　破滅のアリア

三学期は穏やかなものである。

しかし、学年度末の舞踏会へのカウントダウンは始まった。学年度末の舞踏会は卒業式の後に行われ、勉学の集大成として学園全員参加となっているのだ。

その日までに、カノンちゃんは恋人と結ばれて、舞踏会当日はその相手のお披露目となることになっているのだが、はたして今、どんなルートに進もうとしているのか皆目見当がつかなくなってしまった。

イベントの進行状況は王道ルートに思える。しかし、当のジークとカノンちゃんの親密度があまり上がっていないように思えるのだ。それにジークがアリアを必要だと言ってくれるから、ますます混乱してしまう。

そうはいっても、ひとまずはジークの幸せのためにどうにかしなければとは思っている。ジークの廃嫡《はいちゃく》を避けるためには、間違っても舞踏会当日の断罪から御成敗《ごせいばい》という流れだけは阻止しなければならないのだ。そしてそれまでに、未公開新規スチルを少しでも集められたらいいな、なんてささやかな願いもある。

昨日から何となく学園内が落ち着かない。先生たちが忙《せわ》しない感じがするのだ。生徒には何の通達もないから、学生の問題ではないのかもしれないが、なんとなくソワソワとする。

今日はタクト先生の個人授業の日だったので、いつもの歴史学準備室へ行けば、タクト先生がやつれた表情でそこにいた。

「来ていただいて申し訳ないのですが、今日は授業ができません」

「何か慌《あわ》ただしいご様子ですね」

先生は困ったようにため息をついた。

「少し、聞いてもいいでしょうか？」

「はい」

「クーラント君を見かけませんでしたか？」

尋ねられて考える。最後に見かけたのは一昨日だ。すれ違いざま舌打ちされて、ムッとしたので覚えている。

「一昨日、すれ違いましたけれど」

「それ以降は？」

「いいえ？　でもなぜ、私に？」

「仲が良いでしょう？」

「いいえ！　私は嫌われていますから！」

ムッとして答える。どこをどう見たら仲良く見えるのだ。

「そうですか。見かけたら私に教えてください。……ここだけの話ですが、一昨日から行方不明なのです」

「え？」

「今、内々に探しているところで、私も今から行くことになっています」

「……そうなんですか、心配ですね」

「心配ですか？」

タクト先生に確認されて、ムッとする。さっきからムッとしてばっかりだ。

「心配ですわ！」

嫌われているけれど、私だって顔を見ればムカつくけれど、だからって心配しないわけではない。

「ありがとうございます。では、また」

先生はそう言って、準備室から出て行った。

ありがとう？　なぜタクト先生が言うのかわからないと思いつつ、私は時間が余ったので空中庭園へ向かった。

空中庭園には、いつものようにキジトラのおぬこさまがいた。のんびりと気持ちよさそうにお昼寝をしている。最近、すっかり仲良くなったので、私はそっと隣に寄り添って背中を撫《な》でた。相変わらず、綺麗《きれい》な毛並みだ。モフモフ、気持ちいい。

「それにしても、クーラント、なにしてるのかしら」

いつもの癖でおぬこさまに話しかける。

「先生は変な顔してたけど、私だって心配ぐらいするわよ、ね？」

だって、楽しかった思い出がなくなるわけじゃない。相容《あいい》れないかもしれないけれど、別に相手の不幸を望んではいない。幸せになって欲しいとまでは思わないけれど、自分の見える範囲の人間が、死んだりしたら嫌な気分がする。

「みんなだって、心配するわ」

ナァァァン……、おぬこさまは立ち上がって、私の足元に降りた。足に尻尾を絡《から》ませて、何か言いたそうにしている。

「どうしたの？」

声をかければ、ナァ、ナァ、と何かを訴えるように鳴く。纏《まと》わりついて、少し先に行き、私を振り返って見上げる。それを幾度となく繰り返す。

「ついてきてほしいの？」

おぬこさまは大きく頷《うなず》いて、ニャーン、と鳴いた。

「連れて行って」

私は、おぬこさまについていった。学園の裏側には事務用の建物がある。その奥には低い木が刈り込まれた庭園があり、その木の陰にひっそりと小さな建物があった。立ち入り禁止のロープが張られた壊れそうな建物は、使われていない物置のようだった。

おぬこさまが立ち止まって、ナァ、と鳴く。鼻先を見れば、地面近くに木の格子が付いた小さな窓があり、少しだけ開いていた。

スルリとおぬこさまは中へ入る。

「え？」

驚いて中を見れば、中には猫用なのだろうか。餌の入ったお皿と、水の入ったお皿があった。

そして、その横に。

放りだされたような人の足。恐る恐る足のつながる部分を見る。丸まった体。見覚えのあるメッシュの髪。おぬこさまが近寄って足で叩《たた》いても、死体のように身動きもしない。

ゾクリ、鳥肌が立つ。

「クーラント⁉」

声をかける。

ニャァア、おぬこさまが鳴く。

「クーラント？　聞こえる？」

再び声をかけても、ピクリともしない。

私は立ち上がって、ドアへ向かった。ガタガタと揺らしても開かない。内側から鍵がかかっているようだ。周りの窓を確認しても、小さなものが天井近くと足もとにあるだけだ。しかもすべて鍵がかかっている。人の入れる大きな窓はない。

私は慌《あわ》てておぬこさまの出入りしていた窓に向かった。窓にハマった格子を確かめる。木でできた格子は、朽ちかけてグラグラとしていた。

——できるかも。

私は高圧の風を朽ちかけた格子にぶつけた。ミシリ、音がする。もう一度。何度か風を当て続け、ようやく格子が壊れた。私は地面を這《は》いずって、その窓へ体をねじ込んだ。無理やり入りこみ、慌てクーラントへ近寄った。

口元に顔を寄せる。息はしていた。ただ、触れた顔は生きているとは思えないほどに冷たい。驚いて胸元に耳を寄せれば鼓動も聞こえた。

「クーラント！　クーラント！」

声をかけて揺すっても、微《かす》かな反応すら返さない。

おかしい。なにか、普通ではない。病気や怪我《けが》ではない、直観的に感じる。制服の胸元を寛《くつろ》げてみると、そこには不思議な形をしたネックレスがかかっていた。

——魔法具？　でも、見たことのない紋章がある……。

魔法具に施された紋章はタクト先生に教えてもらった古《いにしえ》の魔法陣によく似ている。きっと、これは魔法だ。魔法が影響している。ワグナー人のクーラントが魔法を使うことなどできるのだろうか。

私は学生証を取り出すと、後ろのメモ欄に手紙を書いた。一枚はタクト先生宛て。もう一枚はカノンちゃん宛てだ。この場所の地図と、すぐ来てほしいと書く。そして、紙飛行機の形に折ると入り口のドアを開け、風の魔法に乗せて外へ飛ばした。さすがに、追尾や捜索など高度な魔法はできないため、職員室のタクト先生の机と、カノンちゃんの革靴置き場に向かって紙飛行機を飛ばす。

とりあえず、クーラントを膝の上に抱き上げた。楽にして温めるくらいしかできない。膝の上にあおむけになったクーラントに、自分の胸元を開き覆いかぶさるようにして、押し当てる。

昔、薄い本で読んだのだ。裸で抱き合った方が温かい、と。さすがに裸というわけにはいかないけれど、直接肌で触れ合った方がいいに違いない、そう思った。

こんな時でも薄い本は役に立つ。……真偽はともかく、多分。

同時に長距離を飛ばすことはしたことがなかったから、すごく集中力がいる。私はただただ集中して、二人が来るのを待った。

しばらくして、乱暴にドアが取り壊される音が響いた。そして、開け放たれたドアの間からタクト先生が現れた。

「アリアさん」

「先生！　クーラントが！」

タクト先生は、私と向かい合うようにして座った。胸元を見て気まずそうに目を逸《そ》らされ、私は慌てて胸元を隠した。

タクト先生は、大きくため息をつく。

「……だから……私は……」

「先生？」

タクト先生は私の声に驚いたように顔をあげた。

「あ、ああ、すいません」

「魔法の影響、でしょうか？　古い魔法陣が」

そこまで言ったところで、タクト先生に口を押さえられる。そして、タクト先生は迷うように視線を床に落とした。しばらくして、大きく決意するように深呼吸をした。

「貴女《あなた》には申し訳ないことをしました。その上で、お願いです。彼を助けたい。力を貸してほしいのです。そのためには聞いていただかなければならない話があるのですが、口外しないと約束していただけませんか。貴女にとって嫌なことも含まれます。とても嫌なことだと思います。都合の良いお願いです。でも、それでも」

私は頷く。先生は慌てて私の口元から手を離した。

「乱暴にして、すみません」

「いえ。私も助けたい気持ちは一緒です」

先生は悲しそうな顔をした。

「彼については思うこともありますが、だからといって死んで欲しいとは思っていないから」

タクト先生は大きく息を吸った。

「……貴女に教えた通りこれは古に使われていた魔法陣です。自身の生命力を魔力へ変換する力があるために禁忌《きんき》とされました。……彼には魔力がありません」

「ワグナー王国の方でしたね」

「ええ。彼はワグナー王国で高貴な身分にある方です。わけあって、身分を隠しこの学園に来ていました。そのため、身を守るためにこの魔法陣を与えました。しかし、彼は使いすぎてしまったのです。生命力を魔力へ変換するには、魔力の二倍の生命力が必要なのです」

ドキリ、胸が跳ねる。

「使いすぎ、生命力を……」

「ええ。そうすると還《かえ》れなくなる」

「クーラントはどこから還れないんですか！　どこへ探しに行けばいいの？」

タクト先生は怯《おび》えるように、おぬこさまを見た。私は確かめるようにおぬこさまを見る。クーラントのようにキジトラで、タクト先生と同じオッドアイを持った猫。

「あの猫の中に彼はきっと取り込まれている。彼自身の体が、還るだけの力を失ってしまったのです」

「どう……いう」

「目を、猫の目を借りていたのです。それ以上は」

タクト先生はそう言って口を噤《つぐ》んだ。きっと話せない、なにか、なのだ。もしくは、私が知ってはいけないものなのだ。

「わかりました。聞きません。でもどうしたら彼は戻るんです？」

「彼の生命力を上げる、これは彼に魔力を注入すれば目覚めるくらいの力までは持っていけるでしょう。もう一つ、彼が還りたいと思うことです。だから、貴女に彼を呼び戻してほしい」

「どうすれば」

「私は魔力が弱いので貴女の魔力を分けてください。そしてあの子の名前を呼んでやってください」

「なまえ……」

それくらいなら私にもできるはずだ。

「わかりました」

タクト先生はホッとして、クーラントのネックレスを外した。そして、私の手に乗せてその上にタクト先生が手をのせる。

「ここから、私たちの魔力を生命力に変換してクーラント君に注入します」

掌《てのひら》が熱くなる。手のひらから風が巻き起こって、ネックレスの中に吸い込まれていくのがわかる。

初めての感覚に、驚いて目を見開く。

「……クーラント！」

声をかける。ピクリともしない。長い睫毛《まつげ》。吊《つ》り目の瞳。顔にできた影は青い。

「クーラント！　クーラント！」

膝に乗った背中は、初めの頃よりもうっすらと温かくなってくる。体は徐々に力を取り戻している。それなのに、目覚めない。戻ってこない。

「ねぇ、そんなに猫がいいの？　戻ってきなさい、クーラント！」

クーラントは目覚めない。だらりと下がったままの腕。タクト先生は唇を噛《か》みしめている。

「猫なんてらしくないわよ、クーラント。あなたはティガーなんでしょ！」

当たり散らすようにそう怒鳴る。「せめて、ティガーって言ってよ」とクーラントは出島で言った。猫は嫌だと、自分は虎だと、そう言っていたはずなのに。それなのに、なんで。なんで、猫の中の方がいいの？

ふるり、クーラントの飴色《あめいろ》の睫毛が震えた。

「クーラント！」

「クーラント様！」

掌のネックレスが熱くなる。

パン！　耐えきれないように、ネックレスが割れて、吸い上げられていた私の風も止《や》んだ。

「クーラント……？」

クーラントの目がユックリと開く。世界が滲《にじ》む。目元が熱くなる。ホッとして、ホロリと雫《しずく》が落ちた。

「……アリア……？」

クーラントのかすれた声。まったくらしくなくて可笑《おか》しい。

私の涙が落ちてしまったクーラントの頬を指で拭《ぬぐ》う。泣いてしまうなんて、悪役令嬢らしくない。

でも、良かった。死ななくてよかった。嫌われているのは知っている。私だって別に好きじゃない。

それでも、楽しかったこと優しくしてくれたこと、感じた過去は嘘《うそ》ではないから。死ななくて良かったと、心から思った。

クーラントが私の頬へ手を伸ばす。

「アリア……泣くんだ……こんなことで」

「こんなことじゃないわ」

「戻って来て良かったよ。アリアの泣き顔見られるなんてさ」

「……本当に、酷《ひど》いヒトなのね、あなたって」

「あなたじゃない」

クーラントが笑う。私も笑ってしまった。

「クーラント、ね」

壊されたドアの方からバタバタと足音が響き、誰かが入ってくるのがわかった。タクト先生が顔をこわばらせる。私は振り向く間もなく肩を掴《つか》まれた。

「アリア！」

驚いて振り返ればジークだった。振り返った私を見たラルゴが、青い顔をして制服のケープを脱ぎ、慌ててジークの手ごと私の肩にかける。

「どうして、ジークが？」

「偶然、カノン嬢と一緒にいたんだ」

ラルゴのケープでジークが私を包み込んだ。ラルゴの後ろには、息を切らして駆けてきたカノンちゃんがいる。

「アリア様！」

「カノンちゃん！　この人に癒しの魔法を！」

「アリア様？　クーラント先輩？　タクト先生？」

とたん、ジークに引き上げられて、膝の上のクーラントが落ちた。

「いってぇ……」

ジークに非難の目を向けようと思ったら、そのままお姫様抱っこで抱きあげられる。

「ジーク！　やめて」

「止めない」

低い声。聞いたこともないくらい怖い声。腕の中から見上げれば、怒りに燃えた目が私を見ていた。

ゾっとして言葉を失う。

慌てて視線の先を見れば、開けた胸元と汚れた制服。私はラルゴのケープをぎゅっと合わせて、前を隠す。

「ジーク……様」

ラルゴの低い声に驚いて見ると、彼は護衛用の銃に手をかけていた。怒りに燃えた黒い瞳は、獲物を追いつめるようにクーラントを睨《にら》みつけている。狙いはクーラントの眉間だ。

「ラルゴ！　なにを！」

「撃ちます」

ラルゴは当然のことのように答えた。

「ああ。許す」

ジークも当たり前のように応える。

「ダメよ！　何を言ってるの二人とも！」

まだ動きの取れないクーラントを、タクト先生が引き寄せ庇《かば》う。カノンちゃんは状況が読めずに、オロオロとしている。

「アリアを傷つける奴は許さない」

ジークの言葉に、ラルゴが静かに頷いた。

「私は傷つけられてないわ！　タクト先生がすべてご存じです！」

ジークは冷え冷えとした目でタクト先生を睨みつけた。

「僕は貴方《あなた》を信用していない」

タクト先生は、それを受けて静かに笑った。

「そうですか。それで結構ですよ。……カノンさん、すいません。彼に癒しの魔法を使っていただけますか？　一刻の猶予もないのです」

「私も、クーラント先輩がアリア様を傷つけたなら、……助けるなんてできません」

カノンちゃんは悲痛な顔で私を見た。

「カノンちゃん、彼を助けて！　お願い。彼が死んでしまったら、私がやったことが無駄になるわ！」

「アリア様？」

「お願いよ、私のために彼に力を貸して」

カノンちゃんはもう一度タクト先生を見た。タクト先生は静かに頷く。

「後できちんとお話しします」

カノンちゃんは先生の言葉に頷いて、クーラントの横へ跪《ひざまず》いた。私はそれを見てほっとする。

チっと、頭の上で舌打ちが響いたと思ったら、ジークはクーラントたちに背を向けズンズンと歩き出した。ラルゴも無言でついてくる。

スピードが速くて怖い。おずおずとジークの胸のシャツを握る。ジークは立ち止まって私を見た。怒らせたのだろうか。胸なんか握って、気持ち悪いと思われただろうか。慌てて手を離す。

怖い。指先が震えて、唇が震えて、ジークの顔を見ることができない。

「……アリア……」

ジークの優しい声。それすらも今は怖い。与えられる言葉が怖い。

「胸じゃなくて、首に腕を回して？」

思いもよらない言葉に、嬉《うれ》しくて涙がこぼれた。

「……でも……私、汚れています」

「抱きにくいんだ。お願いだ」

言葉に促《うなが》されるままに、おずおずと両手を伸ばす。

受け入れるようにジークが微笑《ほほえ》むから、胸が苦しくなって息もできない。ジークは背中に回した手に力を込めて、自分の胸に私を引き寄せた。その手から温かい魔法がじわじわと伝わってくる。

光の魔法だ。この人はこんな時でも私の心に力をくれる。

私は縋《すが》りつくようにして、ジークの胸に顔を埋《うず》めた。

ジークの心臓の音が煩《うるさ》い。この人は生きている。生きて、いる。

怖かった。人が死んでしまうのではないかと。怖くて心細かったのだ。初めて使う魔法で、他人を助けるなんて自信がなかった。もし自分のせいで失っていたら、そう思うとゾッとする。

どうしても助けたかった。自分の前で人が死ぬのは嫌だった。でも、終わったのだ。

温かい。ホッとする。ジークの光で恐怖が嘘みたいに引いていく。ボロボロと子供みたいに泣き続ける私を、ジークは黙ったまま保健室へ連れて行った。

保健室では先生が慌てた様子でベッドのカーテンを開けた。ジークがそこへ私を下ろす。私は私で慌てて涙を我慢して、掌で涙を拭った。

公爵家の令嬢として、泣き顔など見せてはいけない。弱みは見せない。平静を保たなければいけない。

先生は濡《ぬ》れたタオルを用意してくれた。私は汚れたところをそれで拭う。

「アリアさん、怪我はありますか？」

「いいえ、特にはありません」

「気分の悪いところなど……」

「少し疲れていますが、多分魔力の使いすぎかと思います」

「魔力を？」

「倒れていた人に魔力を注入したので……。ああ、そうです。先生、私は平気ですが、学園の奥の建物に倒れた人がいます。今はタクト先生とアマービレさんが様子を見てくださっています。そちらへ向かっていただけますか？」

「え、ええ、貴女は？」

「私は大丈夫です。家の者に来てもらいます」

「わかりました」

先生はそう言って、保健室から出て行った。

「ルバート様に連絡いたします」

ラルゴはそう言うと、頭を下げて静かに出て行った。

ジークと二人きりになってしまった。

ジークは私を痛ましそうに見ている。綺麗なエメラルドの瞳が、自分のことのように潤みを帯びていて、本当に優しい人だなと思う。

「アリア、本当に怪我はしてない？」

「ええ、本当に疲れているだけですわ」

そう答えれば、ジークは眉をひそめた。

「君がなんで、アイツに魔力を」

詳しい話はできない。それに私もよくわからない。

「魔力切れ……？　でしょうか、倒れていたので」

「……互いに……胸元をはだけて？」

ジークが目をそらして聞きにくそうに言った。

「それは……」

改めて言葉にされると恥ずかしい。そのときは必死だったし、クーラントは目覚めてなかったからできたことだ。

「あまりに体温が低くて、意識もなかったので温めようと思って……」

ジークはボソリと吐き捨てるように言った。

「……なんで、アリアが見つけたんだ」

「ジーク」

「クーラントは嫌いだ。タクトも」

「ジーク？」

「信じられない」

「……私も？」

私はジークを見た。ジークは私を見て、ハッと息を飲んだ。そして辛そうに目をそらした。きっとそれがすべての答えだ。

「私の言葉も信じられないのですね」

ジークは拳を握り締めた。

「そんなことはない」

言葉ではそう言っているけれど、納得しているようには到底見えなかった。私はジークを見て微笑んだ。

「お調べください。王太子の力を使って、ジークが納得されるまで」

もう、私には何もできない。ジークがどちらを信じたいか、それだけにかかっている。きっとジークは、私とクーラント、タクト先生との仲を疑っているのだろう。

あの瞬間だけ切り取れば、胸を開けた男女が人気《ひとけ》のない場所で抱き合っていたのだ。疑われても仕方がない。タクト先生の言葉や、状況を見れば無実だということはわかるはずだ。ただ、頭が理解したとしても、心が納得するかは別なのだ。

人は事実よりも、信じたい方を信じる。

それに、あったことは証明できても、なかったことは証明できない。浮気をしたなら、その証拠を探し出せば証明できる。

でも、していなかったら、それを証明することは不可能だ。証拠を隠したと思われたら、それでお終《しま》いなのだから。信じてもらうしかない。

「それは、アリア」

「ええ、すべての力をお使いいただいて結構です。検査も受けます」

ジークは顔をひきつらせた。

結婚前の婚約者が受ける検査など、めったにない。形式上存在するけれど、使うことは稀《まれ》だ。それを使ってしまったら、婚約者の尊厳を傷つけることになる。信用してないことの証《あかし》になる。

それが処女検査、だ。

「なにを、言って！　言っている意味がわかっているのか！　あの検査は、初めて会う医師が君に」

「わかっています！　ただし、その検査は婚約破棄のための理由として使わないでほしいのです。信じるために必要なら、私は受けます。ただ、初めから信じられないのなら、疑いがある時点で王太子妃として相応《ふさわ》しくないというのなら、検査などせずに私を切り捨ててください」

「切り捨てるなど。それをしたら君に傷がついたのだと周りに知らしめることになる」

「ジークの御心に添います。心配なさらないで。私がしたことの責任は自分で負います。ジークは宰相の娘を妃《きさき》に迎えなくても、立派な王となりますわ。敷かれた道を歩かなくても大丈夫です」

「アリア、君は、……君の望みは……？　君は僕に信じてほしいと言わないの？」

ジークが戸惑った顔で私を見る。

——信じてほしい。当たり前だ、そんなこと。

だけど、それを言葉にしても無意味だと知っている。言えば言うだけ嘘に聞こえる。信じたくない人間ならば。信じたいと思っていたら、言わなくたって信じてくれる。

私は頭を振った。

「それはジークが決めることです。私の望みはジークが幸せであること、それだけです。そのために必要なご決断を」

そうだ。それだけ。

婚約破棄されたとしても、前世の自分に戻るだけだ。画面の向こうで笑うジークが幸せだったらそれでいいと思っていた。離れていても、一緒に生きられなくても、自分の生活が苦しくたって。

ずっとずっと、この世界に生まれる前からそうやって、力をもらってきたのだから。今度は私がジークを幸せにする番だ。そしてそれは悪役令嬢の私にしかできないのだから。

「それは、王太子ジークフリート・アドゥ・リビトゥムの幸せ？」

「いいえ、ジーク、あなた自身が幸せだったら、私はそれでいいのです」

「僕は……、もう」

優しいジークが苦しそうに振り絞る言葉。

ああ、終わる。もう終わってしまうのだ。

「君の婚約者でいたくない」

私は何も言えずに他人のことのようにそれを聞いた。

泣き出しそうなジーク。こんな顔をさせたくなかった。いつだって幸せでいてほしいのに。

私はと言えば、涙の一つもこぼれなかった。

「だから、アリア……」

「ジーク……さま？」

ジークの言葉にラルゴの声が重なった。

ルバートお兄さまを呼びに行ったラルゴが戻ってきたのだ。

「帰るぞ、アリア」

入り口から響く声。ルバートお兄さまだ。

お兄さまは、ジークとラルゴを一瞥しただけで、なにも声をかけなかった。そして、汚れきった私を何のためらいもなく、子供のように抱き上げた。

「お兄さま、歩けます」

「おにいちゃんがね、アリアをだっこしたいんだ」

お兄さまが、私の頭をポンポンと軽く叩く。疲れてしまった私には、それが何とも心地よかった。

緊張がほぐれていく。ジークの言いかけた言葉は気になるけれど、悲しみと同時に、諦《あきら》めに似た気持ちが湧いてくる。そしてもう、この苦しい恋から解放されるのだという、侘《わび》しさと安堵《あんど》を感じた。

車に乗った私は、お兄さまの膝に頭をのせて、ただひたすらに私の頭を撫でる優しく懐《なつ》かしい感触に身を任せた。


♪


あの騒ぎの翌日から、私は学園を休むことになった。

お父さまの強権が発動されたのだ。

あの出来事が、大きな噂《うわさ》になって町中に広まっているらしい。

想像はつく。立ち入り禁止の誰も来ないような小屋で、男女が着衣の乱れのある状態で見つかったのだから。汚れきった私をジークが抱いて保健室へ連れていく姿は、何人かに見られただろう。

状況はタクト先生が知っていることがすべてだし、クーラントが行方不明だったことは、教師の間

では共有されていた。

それに、クーラントが私に何かできる状態にないことは明らかだった。自分で立ち上がることもできなかったのだから。養護教諭も証明してくれるだろう。

それでも噂というものは、真実がどうであれ面白い話の方へ広がっていくものだ。アリアは傷物にされ、それを理由に婚約は破棄される、噂の大筋はそんなものだろう。

「アリアをろくに守れない者の元に行かせるつもりはない」

お父さまはサラリと言った。ルバートお兄さまもそれには異存がないようだった。

私も初めての魔力の注入で疲れ切っていたので、休めるのはありがたかった。

合わせる顔もなかったし、ジークを見るのも辛かった。こちらの方が大きな理由かもしれない。

ついに来た、婚約破棄。避けられない雰囲気が漂っている。ただし、正式な申し入れはまだのようだった。

学年度末の舞踏会の断罪イベントまで待たねばならないのだろうか。ゲームでは本来、学年度末の舞踏会でカノンちゃんのパートナーのお披露目がされることになっている。王道ルートは唯一この舞踏会でバッドエンドへの分岐がある。断罪からのアリアへの御成敗があるのだ。御成敗はジークの廃嫡につながる。だからこそ、御成敗は必死に避けてきたつもりだが、断罪だけでもされるのだろうか。

これもゲーム補正なのか。気が重い。

窓から外を見てみれば、様々な使者が訪れているのがわかる。大事《おおごと》になっているんだなぁ……というのが感想だ。まるで他人事のようだ。

こんな噂がたった上で、婚約破棄となれば、私は王都にはいられないだろう。ゲームのドナドナエンドとなるに違いない。自分で望んでいたルートではあったが、もう少し穏便な形で迎えられれば良かったと思う。

しかし、アリアが知らない国へ行くのは悪くない。ジークじゃないなら誰と結婚したって同じだ、きっと。ワグナー語にも自信がついてきたところだし、心機一転新しい地でやり直すのもいいだろう。それに、ワグナー王国とグローリア王国の懸け橋になれるなら、それはきっとやりがいがある仕事だ。離れていても、ジークの力になれるならそれでいい。

――両国が友好的になれば、みんな幸せに生きていけるのだから。

ぼんやりとそんなことを考えていたら、ルバートお兄さまが一輪の花をもってやって来た。

「今日も懲《こ》りずに来たよ」

呆《あき》れたような声で差し出された紫の薔薇《ばら》を受け取る。たった一輪。メッセージもないけれど、暗い毎日の中で、唯一の慰めになっているのがこの花だ。紫の薔薇を、あの日から毎日一輪お兄さまが誰かから預かってくるのだ。

贈り主の名前をお兄さまは頑《かたく》なに教えてはくれない。誰かはわからないけれど、誰かが私のことを心配してくれているのが伝わる。途切れることなく送られてくる薔薇を見ると不思議なほど心が落ち着くのだ。暗い毎日の中に光る一筋の希望だ。

紫の薔薇は光の魔力で花開く。だから、ジークだったら嬉しいと都合よく期待をしてしまう。でも今は着色したものが市井《しせい》でも売られているのだ。あまり期待してはいけないのかもしれない。

それでもあの時、最後まで紡がれなかった言葉は、否定じゃなかったのかもしれない、なんて、夢見てしまう。馬鹿だ。

「いったい誰なのかしら？　お会いしてお礼を言いたいのに」

「そんな必要はない」

お兄さまはそっけなく答えた。

私は昨日までの花が生けられた花瓶《かびん》に、今日の分の薔薇を加えて整えなおした。丁寧に棘《とげ》の抜かれた薔薇は、私を傷つけることはなかった。


♪


今日は珍しくお父さまの書斎に呼ばれた。重いドアを開ければ、奥にはすでにタクト先生と、なぜかクーラントがいた。

クーラントのキラキラと光るブラウンメッシュの髪が眩《まぶ》しい。カッパーの瞳は生き生きとしていて、良かったと思った。しかしらしくもなく、見慣れない軍服のような正装を着込んでいる。が、らしいというのか、着崩しているのは彼だからだろう。

二人の取り合わせに不思議に思いながら礼をすれば、お父さまの隣の席へ座るように促される。私は黒い革張りのソファーに腰を掛けた。

「今回の件について謝罪と説明に参りました。公爵家ご令嬢アリア嬢に大変なご迷惑をおかけしたことを深くお詫《わ》び申し上げます。この件に関しては当サパテアード辺境伯家から王家へ説明をさせていただきます」

タクト先生が正面から深々と頭を下げた。テーブルの上にはサパテアードの紋章の入った親書が一通。今では珍しい筒状のものだ。相当に重要な文書なのだろう。

お父さまは無表情のまま頷いた。

「では、説明してもらおうか」

「はい。今回アリア嬢が助けた彼、クーラントはワグナー王家縁《ゆかり》のものです。今回は王妃様の発案で国王様の了解を得て、内密にグローリアア王国へ遊学させていただいておりました。シンフォニー魔法学園で学ぶことでグローリアに理解を深めてもらい、友情を育《はぐく》むことができればとのことでした。そして、できうるなら、ここで妃候補を見つけられたら、両国にとって強い絆《きずな》になるだろうという考えもありました。グローリア王国とワグナー王国の国交安定化はサパテアードの悲願でもありましたから」

「……サパテアード。王妃殿下はサパテアード辺境伯の妹であったな」

お父さまは噛みしめるように呟《つぶや》いた。タクト先生は静かに頷く。

「しかし、彼はグローリア人とは違い魔力を持ちません。学園内では何かと不便も生じます。その魔力を補うために忘れ去られていた魔力変換の魔法陣を私が与えてしまいました」

ピクリとお父さまの眉が上がった。

「魔力変換の魔法陣……そんな魔法陣が現存していたのか」

「私が掘り起こしました」

タクト先生は胸のポケットからクーラントがかけていた魔法具のネックレスを取り出し、テーブルの上に並べた。割れてしまった魔法具だ。

「こちらが証拠です」

「命を魔力に変換する魔法陣のついた魔法具です。しかしそのせいで彼が生命力を失って倒れていたところをアリア嬢が助けてくださったのです」

「どうやって」

「アリア嬢の魔力を生命力に変換し、彼に分け与えてくださいました」

お父さまがまじまじと私を見た。

「それで、この魔法具は何ができる。命を変換してまで何の力を使っていた？」

お父さまの低い声だった。

「……猫の目を一時的に借りる魔法具です」

「目を借りる。それはあまり良くない魔法だな？　それもワグナーにだと？」

「はい。ただ、彼は護衛もなくグローリアに来ていました。それが遊学の条件でした。しかし、それでは心もとなく思い、少しの力を分けてあげたかったのです。魔法具を与えたのは私の独断です」

「護衛の代わりに自分で危機を察知しろ、ということか。使い方を間違えれば問題になるぞ」

「しかし、重要機関の結界は越えられない。猫の入れない場所には行けないものでした」

「なぜ、そこまで彼に肩入れした」

「私はオッドアイを理由に生家であるサパテアード辺境伯家から、領事へと養子に出され、その後ワグナー王国にて学んでいました。そこで彼と知り合い、グローリアに関する家庭教師を務めておりました。幼いころから知っているのです」

「情と言うのか。ふん、まあいい。その魔法陣の存在を私に知らせたのだ。嘘をつくつもりはないということだろう。しかしだ」

お父さまの瞳がギラリと光った。

「今回の件、どんなに王家が理解していようとも、サパテアードが謝罪しようとも、アリアにつけられた傷はなかったことにはならない」

お父さまの言葉に私は自身をギュッと抱きしめた。王都のすべてが私を穢《けが》れた女だと思っているのだ。

タクト先生はサパテアードからの親書をお父さまへ差し出した。お父さまはそれを鷹揚《おうよう》に受け取って封印を剥《は》がす。中に目を通すと、黙ってタクト先生を睨んだ。

タクト先生は深く頭を下げた。

「サパテアード辺境伯から正式な申し入れです。アリア嬢をサパテアードに迎え入れたき所存です」

「どういうことだ」

「今回の件、アリア嬢の疑いが晴れたとしても王都では生きにくいこともあるでしょう」

言葉にされて悲しくなる。わかってはいたけれど、私にはもう王都に居場所がないのだ。

「しかし、サパテアードまで噂は届きません。その上、サパテアードではアリア嬢のご活躍を知らぬものはおりません」

「アリアの活躍？」

「はい。ジークフリート王太子殿下と共に古い教会を立て直し、慈善活動を行っていることはご存じかと思います。他にもいろいろと……」

タクト先生の言葉を遮る。

「それは王太子殿下のお力があってこそですわ！」

「しかし、王太子殿下一人では成し得なかった」

タクト先生はきっぱりと断じた。

「アリアさん、私と共にサパテアードに参りませんか？」

「……え？」

「王都では肩身の狭い思いもするでしょう。でも、サパテアードは貴女を歓迎します。私は辺境伯の息子としてここへ参りました。ゆくゆくは出島の領事になると思います。できたら貴女と一緒に出島を育てたい」

じっと見つめてくる瞳は、昼と夜を統べる者の目だ。

「私と結婚していただけませんか？」

思わぬ言葉に動揺する。わかっている。これはただの責任感だ。不憫《ふびん》な生徒を守る先生の優しさだ。

「責任を感じていただかなくても結構ですわ」

先生の優しさは嬉しいけれど、責任感で結婚なんてして欲しくない。

タクト先生は慌てて席を立ち、私の足元に跪いた。そして、触れるか触れないかという優しさで、膝の上で固く握りしめていた私の拳を包む。

「誤解なさらないでください。私が貴女を望んでいるのです。私を恐れない貴女に、ワグナーを恐れない貴女にずっと惹かれていました。でも、貴女は王太子殿下の婚約者で、私はしがない出島出身の忌《い》み嫌われるオッドアイです。しかも、貴女は生徒で私は教師。思いを伝えるなどできようもなく、ひた隠しにしてきました」

真剣な眼差《まなざ》しで伝えられる言葉は真摯《しんし》で心を打つ。

「突然のことに驚かれているかもしれませんが、どうかこの想いに耳を傾けてください」

「タクト先生……」

「もちろん今すぐになどとは言いません。愛を乞《こ》うことは致しません。出島で一緒に育てていけたらいいと私は思っています。今は逃げる場所として選んでくれればそれでいい」

「そんな失礼なこと！」

「失礼ではありません」

「でも」

「私が貴女の逃げ場所になりたいと望んでいるのだから」

タクト先生は優しく微笑んだ。

このゲームから逃げ出したいと本当は思っていた。そしてこの人は逃げても良いと言ってくれる。

ずっと公爵令嬢として、王太子妃の婚約者として頑張ってきた。王都の令嬢の中で、誰よりも気高く誰よりも強くあれと、躾《しつ》けられてきた。完璧を求められ、私自身も完璧を望み、そう見えるように演じ続けてきた。それなのに結果はどうだ。

積み重ねてきた努力は、たった一つの誤解ですべて水の泡になった。好きな人には疑われ、故郷からは追われるかもしれない。戦うすべはもうなく、ただ首を洗って待っているだけの日々なのだ。

ジークの幸せを望んではいたけれど、もっと穏やかに退場したかった。これから断罪が待ち受けているのなら、本当はもう逃げ出してしまいたい。

「逃げることは罪ではありませんよ。戦いは立ち向かうだけが利口ではないのです」

「先生」

「私の元で羽を休めましょう。そして疲れが取れたら一緒に出島を歩いてください」

タクト先生の言葉に、出島の風景が瞼《まぶた》の裏に広がった。王都とは違う広い空。潮風に屋台の湯気が交じった香り。波の音と子供の笑い声。眩しい日差しが道端に濃い影を作る懐かしい街。

――本当に逃げてもいいのならサパテアードがいいかもしれない。だけど。

麻のシャツを着たジークが瞳の奥で滲んだ。ジークの咲かせてくれた紫の薔薇を、今でもありありと思い出せる。

「タクト、お前の話は終わったか。なら次はオレに謝罪をさせろ」

クーラントの声が響いた。

ハッとしてクーラントを見た。肉食獣のように光る瞳。獰猛《どうもう》に牙を剥《む》く虎のようだ。

「ヴォルテ公爵、まずは貴方に謝罪したい。美しく気高いアリア嬢に不本意な傷をつけたこと。すべて私の罪だ。どんなことをしてでも償うと約束しよう。そしてそれ以上の礼を述べる。私の命を救ってくれたこと。そして、グローリア王国とワグナー王国の関係を救ってくれた」

クーラントは深々と頭を下げた。非公式な場であろうとも、王族が頭を下げるなどあってはならないことだ。

「頭をお上げください。クーラント殿下」

お父さまは小さくため息をついた。

「我が国からは後日正式に謝意と礼を届ける。グローリア王国には、ワグナー王国から親書を送った。今回の件、瀕死《ひんし》の王子を助けた者に、特別な礼を贈りたいと。近々アリアへ通知が行くだろう。これで、不名誉な噂はかき消される」

王族の風格を持った、凛《りん》とした声だ。

「オレはワグナー王国、第三王子クーラント・ティガー・ワグネル。王座を奪うものだ。アリアの無実は証明される。その上で、アリアに言いたい」

クーラントは真《ま》っ直《す》ぐな目で、私を射抜いた。未来を見つめる強い意志の目。自分の欲しいものを、欲しいと言える、王座でさえ奪う覚悟のある強い眼差し。

ゲームさえ違ったら。これが少年漫画だったら、主人公か、ライバルキャラに設定されていてもおかしくはない風格。

「オレと結婚しろ」

「クーラント？」

「オレは逃げようなんて言わない。アリアには似合わないからな。お前の意志でオレと来い。ワグナーへ」

全く頭が付いていかない。嫌われていたと思っていた相手から、プロポーズなんて、新手の嫌がらせ？　それとも何かの罠《わな》なのだろうか？

「好きだ」

真っ直ぐと力強い目で見つめられる。顔が熱くなってくる。疑うことが失礼だとわかる真摯な顔つき。

こんな風に正面から好きだと言われたことがなくて、悔しいけど胸が高鳴ってしまう。好きなんかじゃないはずだ、それなのに純粋に嬉しい。たった一言好きだと言ってもらえることが、こんなに嬉しいことだなんて、今まで知らなかった。

ジークにはもう嫌われているだろう。それがわかっているからなおさら、好きだと言ってくれる人がいることが、心に染みる。

顔を真っ赤にして、頬を押さえる私を見て、クーラントは満足げに笑った。

「……どうして……」

「理由がいるのか？」

「意味がわからないもの」

「ならば言うぞ。覚悟しろよな」

クーラントは不敵に笑った。

「まずは、オッドアイを受け入れた偏見のなさが好きだ。タクトはオレの家庭教師で、憧れだからな。アイツを無下《むげ》にするグローリアがオレは苦手だった。だから妃探しも初めは打算だけだった。だけどお前に会って意識が変わった。アリアのような奴がいるなら、グローリアも捨てたもんじゃないと思ったんだ」

「そんな人、私以外にたくさんいるわ」

クーラントは頷く。

「そうかもしれない。でも、オレにはお前が特別だ。自分の目で確かめようとするお前が好きだ。知らない世界に入っていけるお前が好きだ。わからないことはちゃんと聞ける、お前が好きだ。少し一人で我慢しすぎだと思うけど、それだって可愛いと思っている。強いところが好きだ。でも、弱くたっていい。笑っている顔も、泣いている顔も、いつもは澄ましているくせに隠れて猫にデレデレしているところも好きだ。怒っている顔だって」

「止めて！」

心臓がバクバクする。耳がおかしくなりそうだ。耳を両手でふさぐ。これ以上聞きたくない。

「いやだ、やめない。だまれ。オレはアリア、お前が好きなんだからな。もう我慢しないぞ」

「やだ、おねがい、やめて」

苦しくて、でも嬉しくて、弱った心が泣きそうになる。

こんな風に言われたかった。ずっと、ずっと、生まれる前からずっと。こんな私でもいいと。誰かに、『好きだ』と言われたかったと、今になって心が叫ぶ。

——誰かを愛するだけじゃなく、誰かに愛して欲しかったんだ。

「オレはダメな男だからな。弱みに付け込むぞ。どんなやり方でもいい、お前が欲しいからな」

「でも、私は」

でも、それでも私はまだジークが好きだ。ジークに嫌われていたって、まだ好きなのだ。

「知っている。そんなアリアも好きだ」

クーラントの言葉が穏やかになった気がして、ソッと彼を窺《うかが》い見た。目が合って、慌てて目をそらす。欲しかった言葉。それをくれるのがなぜクーラントなのだろう。

「無理強《じ》いするつもりなんかない。待つよ」

クーラントは呆れたように肩をすくめて笑った。

「まだオレのことを信じられないと思う。騙《だま》すようなこともした。それは全部オレが悪い。オレがガキだったからだ。でも、同じ間違いはしない。それに絶対にアイツなんかよりオレの方がお前を活かす」

クーラントは偉そうな態度で、一気に言い切った。

お父さまが忌々《いまいま》しげに咳払《せきばら》いをする。

「あなた方の意向は理解した」

「辺境伯も出島の民もアリア嬢を望んでいます」

タクト先生が言えば。

「ワグナーだって良い国だ。グローリアにとっても悪い話ではないだろう？」

クーラントが言った。

お父さまは頷く。

「だが、今すぐに回答はできない」

お父さまと目が合って私は大きく頷いた。

「もちろんです。ゆっくりとお考えください。私はいつまでも待ちます」

タクト先生はそう言って微笑んだ。優しくて包容力のある微笑だ。

「いい返事を待っている」

クーラントは偉そうにそう言うと、二人は書斎から出て行った。

お父さまは大きく息を吐き出して私をジッと見た。いたたまれない。

「アリア、お前はどうしたい」

「私は……」

「時間をかけて良い。後悔しないようにお前が選びなさい」

「私が、選ぶ？」

「そうだ。グローリアのことなど気にしなくてもいい。もちろん我が宰相家のことも、だ。お前の力など借りなくても、家も国も私が守る。だから、アリア。お前自身が幸せになる道を自分で選ぶんだよ」

いつになく優しい声は宰相のものではない。父として娘を導こうとする言葉だ。私はその言葉に嬉しく思い、小さく頷いた。


♪

そうしてついに最後の日がやって来た。学年度末の舞踏会は全学年合同で行われる。

今日のエスコートはない。侍女が脇に控えていてくれるが、それも入場までだ。

何やら重大な発表があるとやらで、独りで来いと厳命された。いったいどういうゲーム補正なのだろうか。

ジークから婚約破棄の話はまだない。ルバートお兄さまはシスコンのままだ。カノンちゃんを刺すつもりなんかないし、コラールに関してはそもそも私の出る幕はない。

悪役令嬢の出番のないはずのタクト先生や、登場人物ではなかったクーラントから告白されるというイレギュラーはあったが、これがもしかしたらドナドナエンドの伏線なのかもしれなかった。ゲームのアリアがワグナー王国に送られたのも、そう考えれば納得である。

とりあえず、御成敗は乗り越えるつもりだが、何が起こるのかわからない。ついでに言えば、タクト先生やクーラントのプロポーズへの答えもまったく出ないままだ。もはやカオスである。

コワイ。怖すぎる。いったいどんなシナリオ変更なのか。ここへきて御成敗されてしまうのか。それとも無事にドナドナできるのか。私の行動次第では、ジークを廃嫡に追い込んでしまう。それだけは絶対にあってはならない。推しの幸せは私の幸せそのものなのだから。

とりあえず、武器の持ち込みはしてないから、どんなに荒ぶったとしても、カノンちゃんを刺すようなことだけはない、はず……たぶん。心を強く持とう。

私は大きなドアの前で、大きく息を吸って、ドレスを握りしめた。

今日のドレスは、一学期の誤解を生みまくった推しカラードレスを反省して、新たに誂《あつら》えなおした勝負服だ。

最後の日に、勇気が欲しかった。だから今回は、私に力をくれる色。ジークとラルゴの色。サパテアードで仕入れた玉虫色の金の生地に、黒いレースを合わせた主従カラーの豪華なボールガウン。背中は黒いレースで隠し、髪には今朝届いた紫の薔薇を挿した。

お終いにするのなら、ドレスだけでもジークと一緒でいたい。

「アリア・ドゥーエ・ヴォルテ、入場」

ワッと歓声が上がる。

壇上には国王陛下。その脇に、宰相のお父さまが控える。フロアには各学年の特別クラスの者たち。その周りを取り囲む観客席に、一般クラスの人たちはいた。

フロアに残るカノンちゃんは、スチルで見た背中に大きなリボンが付いたピンクのボールガウンだ。フワフワとしたピンクのオーガンジーに、紫色の小花とパールがちりばめられている。ゲームではわからなかったけれど、手の込んだものだ。そういえば、断罪シーンのアリアのドレスは喪服のような黒だったと思い出した。このドレスも、ゲームで見ればただの黒いドレスに見えるのだろうか。だとしたら、まるっきりゲームのエンディングと同じだ。

その他の攻略対象者も、ゲームで見た通りの燕尾服《えんびふく》。

ジークが堂々たる顔つきで私を見た。ラルゴはジークの後ろに一歩下がって、無表情に控えている。

ルバートお兄さまは氷のように冷たい顔だ。クーラントはワグナー王国の正装で悠然と構えている。タクト先生はいつもの穏やかな顔つきで、銀色の眼鏡の下にオッドアイを隠していた。カノンちゃんは不安そうな顔で私を見つめている。

すべて、ゲームと同じ立ち位置だ。ジークとカノンちゃんが入場した後、御成敗エンドで行われる断罪シーン。ジークとラルゴによってアリアの罪が暴かれ、乱心したアリアは刃物を振り回しジークに成敗され、ジークはそのことによって廃嫡されるのだ。

それだけは絶対に回避しなくてはいけない。何があっても、ジークの幸せだけは守りたいのだ。

緊張で息が苦しい。

「アリア・ドゥーエ・ヴォルテ」

国王の声が響き渡る。

「はい」

謹《つつし》んで国王陛下の前に跪く。

「この度、其方《そなた》は身分を隠した上で遊学中だった、ワグナー王国第三王子の危機を身を挺《てい》して救った。其方は、彼《か》の者の身分を知らなかったにもかかわらず、自身が傷つくこともいとわずに献身的であった。その高潔なる意志により、ワグナー王国と我が国の絆を深めた。よって我がグローリアから最大なる賞賛と礼を言う」

思いもしない言葉に、息を飲んだ。本当にクーラントが話をしてくれたのだ。

「勿体《もったい》ないお言葉でございます」

本当にクーラントは王子だったのだ、そのことの方がビックリな気もするけれど。

「なお、ワグナー王国からも其方に対して感謝の意を表したいとのことだ。謹んで受けるように」

「……はい」

拍手が響き渡る。お父さまが満足げに笑っている。

安心したその瞬間。

「国王陛下！」

ジークが、前へ進み出る。

「なんだ」

「この席でお願い申し上げたきことがございます」

──来た。やっぱり。婚約破棄のための断罪だ。ゲーム補正とはいえ、こんなところでしなくたっていいのに。

泣きたい気持ちを押し隠し、悪役令嬢らしく凍える表情を張り付けた。せめて最後ぐらいは気高くありたい。

「めでたい席だ、言ってみろ」

何も知らない国王は鷹揚に頷いた。

「今すぐ、私とアリア・ドゥーエ・ヴォルテ公爵令嬢との結婚をお認めいただきたい」

ザワリ、会場中がざわついた。

――は……？　いまなんて？

おかしそうに国王は笑う。

「何を今更」

「婚約ではなく、結婚を！　結婚をしたいのです」

――この人、二回言った！　二回も結婚したいって言った!!

「アリア。もう僕は我慢できない。婚約者でなんていられないんだ。結婚してくれ。婚約者だなんて不確かなものは嫌なんだ!!」

ジークが私の手を取った。真剣な緑の瞳に射殺されそうだ。

「なにを。仰《おっしゃ》って」

「好きなんだ。君が好きで、何があっても手放したくない」

「ジーク……」

「たとえ、君は迷惑だとしても」

「そんなことあり得ません!!」

ああ、やっぱりそうだ。タクト先生やクーラントにプロポーズされたことは嬉しかった。だけど、自分の気持ちに嘘はつけない。

「アリア」

「私だって、ううん、私の方がジークを好きだわ。ずっとずっと好きだったし、ずっとずっと好きなのよ」

「だったら、僕を選んでくれる？」

窺うようにジークが私を見る。

「……でも、周りが許さないでしょう？」

おずおずと尋ねる。いくらジークが望んでくれても、王太子妃として相応しくないと言われてしまえばそれまでなのだ。

ジークはクスリと笑った。

「まさか！　君の働きは皆、評価している。カノン嬢の活躍も君の指導があってのことだ。今回の件でワグナー王国との関係が見直されるだろう。その時に、ワグナー語を話せる女性は君しかいないのだからね。君が、君こそが次代の王太子妃に相応しい」

「では、ジークのご迷惑にならない？」

「ああ、だから僕を選んで」

私は国王様とお父さまを見た。国王様は満足げに微笑んでいらしたが、お父さまは苦虫を噛みつぶしたような顔で、でも肯定するように頷いた。

「もちろん！」

「では」

「でも、結婚は卒業するまでお待ちいただきたいの」

そう言えば、ジークはあからさまに不満そうな顔をした。

「だから、僕はそれが嫌なんだよ」

「どうしても？」

ジークは困ったように眉を下げる。

「なんでそんなに卒業にこだわるの？」

確かに、貴族の令嬢は結婚が決まれば退学するのは珍しくない話だ。

「だって、きちんと勉強して、ジークの隣に相応しい人間でありたいんですもの」

そう答えれば、ジークは目頭を押さえ、小さく頭を振った。

「ジーク？」

「……ああ、アリアには敵《かな》わないな」

ジークは大きくため息をついた。

「焦ってみっともない僕を許して？」

「とんでもない！　すごく嬉しかったのよ」

「卒業したら結婚してね」

「ええ、こちらこそよろしくお願いします」

ファンファーレが鳴り響く。紙吹雪が舞ってきて、きっと国王陛下には根回しされていたのだなと気が付いた。お父さまは壇上で、不貞腐《ふてくさ》れたまま拍手をしている。そんな様子が少しおかしい。

やがて音楽が始まって、ジークが私の手を取った。私もジークの手を握り返す。

「強引なことをしてごめんね」

ジークは気まずそうに笑う。

「少しビックリしましたわ」

「本当の話をするとね、ヴォルテ家に結婚のお許しをもらいに行ったのに、待てど暮らせどアリアから返事が来ない上に、ワグナー王国からは『婚約破棄となるなら、アリアを第三王子の婚約者として迎え入れたい』との申し入れがあったと陛下から聞いた。このままではワグナーに取られるかと思ったんだ。だったら断れないようにしてしまえって、無茶なことをした」

「もう！　お父さまったら、私そんな話聞いていません！」

「毎日花を直接届けに行ったのに、怖いお義兄《にい》サマのおかげで一目見ることすら叶《かな》わないし」

「うそ！　ごめんなさい」

「それでも花は届いていたみたいだね」

髪に挿した薔薇を見てジークは笑う。

「やっぱり、この紫の薔薇。ジークでしたのね？」

毎日一本ずつ届けられた紫の薔薇。贈り主は教えないとルバートお兄さまは言っていたけれど。

ジークだったのだ。寂しくて不安な毎日を、ジークがずっと支えてくれていた。暗くなりがちだった

私の心に、ジークの花が希望をくれた。

「贈り主すら伝えてくれなかったわけだ」

ジークは肩をすくめて笑った。

「でも、ジークだったらいいなって、ずっとずっと思っていて……だからすごく嬉しいです……」

「君に気持ちが届いていたならいい」

ジークは優しく微笑む。ああ、ずっと。こんなにたくさんの光をこの人は私に届けてくれたのだ。

この薔薇は光の魔法がなくては咲かない花。

「好きだよ、アリア」

不意打ちで心臓が跳ねる。

「婚約をしてから、君から距離を取られていると思っていた。僕らは家の決めた結婚で、君は不本意かもしれなかったから。君は嫌なことでも笑顔でこなしてしまうし、困っている人には手を伸ばす。だから僕にも手を差し伸べてくれているだけで愛情はないのだと思っていた」

「そんなことはありません」

「でもダンスの練習でカノン嬢に嫉妬したって聞いて、僕はちょっとビックリした」

「呆れましたか？」

「まさか！　いけないことかもしれないけど、僕は嬉しかったんだ。サパテアードでの君を見て、やっぱり僕には君しかいないと思った。それなのに君は身を引くなんて言い出すし。その上君は素晴らしい淑女になっていくから不安だった」

「そんなこと、ありません。不器用ですし」

「うん、知ってる。でも頑張ってるところも好きだし、勉強家なところも好き。だけど、もっと僕に頼ってほしい」

「全部、ジークに釣り合いたいからですもの」

「僕も甘えたいから、アリアも甘えて？」

顔が真っ赤になって、足がもつれる。よろめく私をジークが抱き寄せる。

「ねぇ、たまには二人っきりになりたいな」

「は、はい……」

「婚約者、なんだから」

「ええ、そうね」

「あとで、キスしていい？」

「そんなこと……聞かないで？」

涙目で答えれば音楽が変わる。ジークは満足げに笑って離れていく。まったくジークには翻弄《ほんろう》されてばかりだ。

次に手を差し出してきたのはクーラントだ。

「あーあ、結局、アイツにしたんだ」

私とジークのやり取りを見てボヤく。

「ええ、ジークより素敵な方はいないもの」

答えれば、クーラントは苦笑いした。

「言うね。じゃあさ、最後にオレとも踊ってよ」

「そうね」

サパテアードでは信じられずに、取れなかったクーラントの手。今なら取れる。

「ワグナーの礼は何が欲しい？」

「疑いを晴らしてくれただけで十分よ。……色々としていただいたみたいで、本当にありがとう」

「当然のことをしたまでだ。まぁ、飽きたら連絡しろよ。ワグナーは通い婚も再婚も可だ」

「飽きないわよ」

おかしな言い草に、思わず笑って突き放せば曲が変わる。

次に手を取ったのはラルゴだ。

「アリア様……、今、お幸せですか？」

愛《いとお》しむような穏やかな黒い瞳。

「ええ。とても！　ジークがいて、ラルゴがジークを支えていく。そんな未来が見たいから、私は幸せよ」

「アリア様が殿下を支えるのでしょう？」

「そうね、だからラルゴ、一緒に支えてね」

「承知いたしました。殿下の悪戯にお困りでしたら、いつでもこのラルゴにお申しつけください」

「あら？　今度は助けてくれるの？　いつも二人で私をイヂメてくるくせに」

拗《す》ねて見せれば、ラルゴは困ったように笑う。

「殿下の悪戯は愛情表現なのですよ」

「嘘」

「本当です。アリア様のために奔走《ほんそう》する殿下はなかなかの見ものでした」

秘密を打ち明けるように笑う。

「ジークが奔走？」

「あの騒ぎのあと、反対派の貴族にアリア様の実績を示し、黙らせたのです」

「……知らなかったわ」

「殿下は自身の行いを誇ることはありませんから」

「そうね」

「愛されて、おりますよ。とても……」

絞り出したような声。寂しげな瞳が星を散らした夜空のように瞬いた。目が合って、ラルゴは切なげに笑う。

「どうか幸せになってください」

祈るような声で、まるで誰かに言い聞かせるようにそう言うと、ラルゴは静かに頷いた。

クルリとターン。曲が変わる。

「あら、お兄さままで？」

「だって、お兄ちゃんは卒業なんだよ。アリアを残していくなんて、心配で、心配で。留年しようと思ったくらいだ」

お兄さまは笑いながらステップを踏む。

「おかしなお兄さま。大学部だって校舎は同じだもの。心配いらないわ。ちゃんと来年も特別クラスに残れるように頑張ります」

「頑張らなくても大丈夫だろ」

「頑張ります」

お兄さまは不本意そうに唇を尖《とが》らせた。

「まぁ、でも、まさかアリアが結婚を焦《じ》らすなんて思ってなかったから、スカッとしたよ。さすが宰相家の娘だ」

「焦らしたわけではありませんわ！」

「でも焦らされている。以前のアリアだったら、なにもかも捨ててジークの元へ走っただろう？　それは、王太子妃としてちょっと心配だったからね。ちゃんと自分で考えられる、伝えられるのは良いと思うよ」

お兄さまは、ちらりとジークに視線を送る。

ジークは、難しい顔をしてお兄さまを見ている。

お兄さまはそんなジークへこれ見よがしに私の耳元に囁《ささや》いた。

「ほらね、お兄ちゃんがアリアに何か吹き込むんじゃないかって、心配してるよ。ジークのヤツ」

「お兄さまは、ジークにイジワルね」

「大丈夫。アリアに色目を使うやつには全部イジワルしてやるから、平等だよ」

「なにそれ、変な理屈」

二人で笑いあう。


踊り疲れて、輪を離れればカノンちゃんが飲み物を持ってきてくれた。ジークは相変わらずの人気で、人ごみに囲まれている。

「おめでとうございます。アリア様」

カノンちゃんのサンゴ色の瞳には、うっすらと水の膜が張り、花びらにたまる露のように煌《きら》めいている。相変わらず見惚《みと》れるほど可愛らしい。

「ありがとう。カノンちゃん」

「嬉しいんです。でも、ちょっぴり寂しいな」

涙がこぼれそうな瞳で見つめられて、ドキドキとする。

「カノンちゃん……」

「結婚しても、私と仲良くしてくださいね？」

「もちろんよ！」

答えれば花がほころぶように笑う。人を幸せにする癒しの笑顔だ。私もホワリと癒される。

「私も少しご挨拶させてください」

タクト先生が歩み寄る。

「あ、あの先生、私……」

タクト先生は優しい目で言葉を制した。

「貴女の幸せが一番なのですよ。その先の言葉はいりません」

この人はやはり大人なのだろう。その優しさに切なくなる。でも今は甘えさせてもらった。

「今回の件はありがとうございました」

何事もなかったようにタクト先生が頭を下げた。

「彼の国と我が国の関係も良いものへと変わっていくでしょう」

「それにしても、クーラントが王子様なんて。出島であんなに気さくだったから思いもしなかったです」

「彼は出島で生まれたので。そもそも、彼の国はあまり格式張っていないのです」

「知らないことばかりだわ」

「今度は留学してみませんか？　まだ今は難しいと思いますが、大学部へ進む頃には道が開くかもしれませんよ」

「大学部ですか？」

「貴女なら向いていると思います」

「殿下がお許しくださるかしら？」

「許してくれなかったら、婚約を解消してしまえばいいんです」

先生は何でもないことのように笑った。

「変なことを吹き込まないでください！」

肩を抱かれて振り向けば、ジークが怒った顔でタクト先生を睨みつける。

「留学したかったら、結婚してからにすればいい。反対はしないよ、アリア」

「アリア様が留学するなら私もします！」

カノンちゃんもやって来て、私の手をとった。ラルゴは呆れたような様子で肩をすくめる。

「では、オレは留学受け入れのために準備をしておこう」

クーラントが瞳を煌めかせる。

「もちろん俺も一緒だろう？」

ルバートお兄さまが笑う。

「こぶ付き留学なんて聞いたことないよ」

クーラントがふざけて茶化す。

「留学の際の護衛は私にお任せください」

ラルゴは当然といった口ぶりで優雅に微笑んだ。

「留学は、まだ決まっていない!!　あと勝手に僕を置いていくな!」

ジークが憤慨する。

私は賑《にぎ》やかな様子を見て、ホッと息をついた。

知っているエンディングとは違うけれど、誰も死ななくてよかった。

クーラントとも仲良くなれて、きっとワグナー王国との関係も良くなっていくに違いない。

ううん。私たちがそういう国を作るのだ。

そうすれば、大好きな人たちと一緒に、私もここで生きていけるから。

そう思って、微笑めばみんなが微笑み返してくれる。

ホールに流れる舞曲は乙女ゲーム『夢色カノン』のエンディングテーマ『未来への大円舞曲』だ。

ゲームはここで終わるけれど、私たちの未来はまだまだ始まったばかりだ。

あとがき

　はじめまして、藍上イオタです。この度は本書を手に取って下さりありがとうございます。この本はたくさんの方に支えられて生まれることができました。

　まずは『小説家になろう』の連載時から、優しいお言葉を寄せてくださった読者の皆さん。やる気と勇気をいただきました。さらに、華麗なイラストでアリアたちを動かしてくれた三月リヒト先生。至らない私を根気よく導いてくれた担当様。校正者さんやデザイナーさん、編集部の皆さん。プロの本気は眩しいばかりでした。皆さんの様々な力添えに感謝しかありません。

　そして今、手に取ってくださっているあなた。あなたに届いて、初めて物語は動き出します。もし少しでも心に何か残ったら教えていただけると幸いです。

　それではまた、どこかでお会いできることを願って。

藍上イオタ

IRIS NEO

『魔法使いの婚約者』

著：中村朱里　イラスト：サカノ景子

現世で事故に巻き込まれ、剣と魔法の世界に転生してしまった私。新しい世界で一緒にいてくれたのは、愛想はないが強大な魔力を持つ、絶世の美少年・エギエディルズだった。だが、心を通わせていたはずの幼馴染は、王宮筆頭魔法使いとして魔王討伐に旅立つことになってしまい——。
「小説家になろう」の人気作で、恋愛ファンタジー大賞金賞受賞作品、加筆修正・書き下ろし番外編を加えて堂々の書籍化！

転生悪役令嬢《てんせいあくやくれいじょう》は推《お》しのハピエンを所望《しょもう》す！

2019年12月5日　初版発行

初出……「転生悪役令嬢は推しのハピエンを所望す！【Web版】」
小説投稿サイト「小説家になろう」で掲載

著者　藍上イオタ

イラスト　三月リヒト

発行者　野内雅宏

発行所　株式会社一迅社
〒160-0022 東京都新宿区新宿3-1-13 京王新宿追分ビル5F
電話　03-5312-7432（編集）
電話　03-5312-6150（販売）
発売元：株式会社講談社（講談社・一迅社）

印刷所・製本　大日本印刷株式会社
ＤＴＰ　株式会社三協美術

装幀　今村奈緒美

ISBN978-4-7580-9227-2

Printed in JAPAN

おたよりの宛て先
〒160-0022 東京都新宿区新宿3-1-13 京王新宿追分ビル5F
株式会社一迅社　ノベル編集部
藍上《あいうえ》イオタ 先生・三月《みづき》リヒト 先生